MANUAL PRÁTICO
DE LEVITAÇÃO

MANUAL PRÁTICO DE LEVITAÇÃO

contos

José Eduardo Agualusa

Rio de Janeiro

© 2005, José Eduardo Agualusa
By arrangement with Literarische Agentur Mertin Inh. Nicole Witt e. K., Frankfurt am Main, Germany

Editoração Eletrônica
Rejane Megale

Revisão
Lígia Lopes Pereira Pinto

Capa
Martin Ogolter – Studio Ormus – www.martinogolter.com

Adequado ao novo acordo ortográfico da língua portuguesa

CIP-BRASIL. CATALOGAÇÃO-NA-FONTE
SINDICATO NACIONAL DOS EDITORES DE LIVROS, RJ

A237m
2. ed.

    Agualusa, José Eduardo, 1960-
        Manual prático de levitação : contos / José Eduardo Agualusa. - 2. ed. - Rio de Janeiro : Gryphus, 2021.
        170 p. ; 21 cm.   (Identidades ; 21)

        ISBN 978-65-86061-22-2

    1. Contos angolanos. I. Título. II. Série.

21-70693
                                                CDD: A869.3
                                               CDU: 82-34(673)

GRYPHUS EDITORA
Rua Major Rubens Vaz, 456 – Gávea – 22470-070
Rio de Janeiro – RJ – Tel: +55 21 2533-2508 / 2533-0952
www.gryphus.com.br– e-mail: gryphus@gryphus.com.br

Sumário

O exercício da liberdade, de Eucanaã Ferraz......... 7

Angola
A noite em que prenderam Papai Noel............. 17
Eles não são como nós 25
Os cachorros 33
Um ciclista.................................. 39
Passei por um sonho........................... 45
O homem da luz 51

Brasil
Manual prático de levitação 63
O assalto 71
Se nada mais der certo leia Clarice 77
Catálogo de sombras 83
A casa secreta................................ 97
Discurso sobre o fulgor da língua 107

Outros lugares de errância
Não há mais lugar de origem 117
O corpo no cabide............................ 123
Livre-arbítrio 131
Borges no inferno............................. 137
Porque é tão importante ver as estrelas 143
A silly season 149
A bigger splash.............................. 155
Falsas recordações felizes....................... 163

O EXERCÍCIO DA LIBERDADE
Eucanaã Ferraz

Lembro-me do lançamento de *Manual prático de levitação*. Poderia mesmo reconstituir alguns detalhes daquela noite, mas não saberia dizer o mais importante: quando aconteceu. Creio que era verão. Faz talvez uns dez anos. Então, vou ao livro e leio na folha de rosto a dedicatória do autor, datada de 2005. Um recorte de jornal, porém, vai além do ano: 4 de março, registra. Foi há quinze anos, portanto, para minha surpresa, que José Eduardo Agualusa lançava no Rio de Janeiro a primeira edição desta esplêndida reunião de contos trazida à luz pela mesma casa que a reedita agora. Coube a mim a alegria de apresentar o livro na noite de autógrafos.

Marcadamente africana, a obra inteira de Agualusa dá a ver algo como um *desígnio crioulo* que, para além dos estritos limites da questão racial, é tanto a investigação de reminiscências pessoais e coletivas quanto projeto de civilização – porque ainda em construção – vislumbrado nas amplas dimensões da cultura. Destaca-se o inventário livre – e libertador – da memória angolana, que, simultaneamente, é também afirmação de outras culturas africanas e, em um espectro ainda mais abrangente, asserção daquelas culturas que viveram processos traumáticos de colonização. No entanto, se não se trata de antropologia, sociologia ou crônica política – estamos no território fluido da imaginação viva –, as marcas singulares das circunstâncias históricas são convocadas e convertidas em dobras privilegiadas na urdidura secreta da escrita. As prerrogativas pertencem, porém, a tudo aquilo que, na linguagem, instala o cruzamento, a contaminação, o contraponto, a combinação imprevista, o enredo perturbador, a ambiguidade.

Penso em outro livro, *Nação crioula* – nome do navio negreiro que ata ali o doloroso e absurdo laço entre Angola e Brasil – para chegar a este veemente conjunto de contos, *Manual prático de levitação*. Nação, identidades, história, cotidiano formam no romance um mundo flutuante, à superfície das águas do mar. Já no prático manual que o leitor tem em mãos, a flutuação desenvolveu-se no sentido mágico da levitação. Penso que a possibilidade de se erguer – pessoa ou coisa – acima do solo sem que nada a sustenha ou suspenda nos dá, aqui, oportunidade para pensar (para sentir) o caráter fluido das culturas e o deslizamento delas. Em vez da consagrada metáfora da identidade como raiz – cuja função é fixar à terra – propõe-se a água e o ar como elementos mais propícios ao deslocamento ou, ainda, ao descolamento. Assim, a identidade de uma mesma e única nação, a "nação crioula", encontra-se em África, no Brasil e em Portugal, e também em qualquer lugar onde estejam presentes brasileiros, angolanos e portugueses. Em Berlim ou Frankfurt.

Não sem ironia, este *Manual prático de levitação* abre-se com um personagem albino. E, não por acaso, albino era também Félix Ventura, o personagem que vendia passados falsos em outro belo livro de Agualusa. Julgo que a ausência do pigmento da pele é então mais que uma anomalia congênita – nos dois casos, trata-se, simbolicamente, do apagamento da cor compreendida como índice de identidade. Há muito mais que raças e muito mais que as cores das peles, é o que parece nos dizer o albinismo destes personagens. O conto que abre a terceira parte do nosso *Manual* traz um título-chave: "Não há mais lugar de origem".

Agualusa tem por obsessão o tema da memória, problema fundamental de sua escrita, que vincula história e ficção, pondo em questão os estatutos da literatura e do registro histórico, daí emergindo, de saída, tanto a dissolução do fato quanto a abertura do ficcional a outros modos de apreensão do mundo e a suas respectivas disposições narrativas. O acontecimento como verdade e a memória como instância abonadora são objetos preferenciais deste ficcionista, que, ao lançar mão da ironia, desqualifica toda ilusão.

Não resisto a um rápido olhar sobre o livro *As mulheres do meu pai*, que faz uso de diferentes gêneros ou formas de contar: entrevista, carta, diário, diálogo, monólogo, descrição. Diante da multiplicidade e da inconstância das coisas, a escrita também se fragmenta, aproximando-se da heterogeneidade absurda do real e evitando um ponto de vista estático. Na escrita de Agualusa, a indecisão é um método. Se esta põe em evidência as dificuldades do escritor que ambiciona um texto no qual não se perca de todo o que se poderia chamar de "realismo", não decidir equivale também a deixar a escrita se contaminar da pluralidade das coisas do mundo para devolvê-la ao leitor como linguagem. "Indecidir" é, então, uma atividade criadora que reorganiza os materiais de que se serve – entre eles, a história – e que revela o conjunto de funções e mecanismos do escritor e da literatura como um todo. Segmentação e arranjo são algumas das principais atividades do *método-indecisão*.

Recorro, ainda, a outro romance, *Estação das chuvas*, que trata da repressão aos pequenos partidos de esquerda logo após a independência de Angola. Mais uma vez, o ato de escrever funde realidade e ficção. A certa altura, um preso, para vencer o tédio, pinta estrelas no teto de sua cela. Lembro-me de Agualusa haver contado em entrevista o seguinte caso: leitores que de fato estiveram presos disseram-lhe que se recordavam perfeitamente do tal homem que pintava constelações. Sim, eles se lembravam de algo que não acontecera, tomavam por verdade de suas próprias biografias um evento absolutamente ficcional. Como afirmar, então, que "não aconteceu" o que agora era reminiscência para aqueles homens? O baralhamento de fatos reais e ficção alcançava seu paroxismo: reescreveu as histórias de vida daqueles leitores.

Manual prático de levitação combina gestos aparentemente inconciliáveis: o golpe da ironia mais desconcertante e uma espécie de carícia no corpo ferido do mundo. Tomando os mecanismos da memória em suas disposições instáveis e misteriosas, a escrita emerge da própria impossibilidade de estabelecer fronteiras nítidas entre o acontecido e o imaginado. Mas se tal movimento acusa a fragilidade de tudo o que concebemos como relato, notícia, fato, lembrança, Agualusa também faz ver o quanto os maquinismos que lhes dão forma – seja sob contornos íntimos e individuais, seja nos planos coletivos e de largas dimensões históricas – são sempre abrangentes, poderosos, violentos.

Lembro-me mais uma vez de *O vendedor de passados*, no qual somos apresentados a um personagem que fabrica genealogias respeitáveis e ostentatórias para seus clientes – prósperos negociantes, empresários, políticos, generais, toda uma emergente burguesia angolana. Não seria difícil julgar que o autor nos põe diante de uma desilusão; ou ainda, que ele apenas desmoraliza a memória. Tudo, no entanto, é bem mais sutil.

O EXERCÍCIO DA LIBERDADE

A história da guerra civil em Angola – tão relevante para compreendermos o século XX quanto os bombardeios de Hiroshima e Nagasaki, a revolução cubana ou a queda do muro de Berlim – tem de ser contada. Mas quem a conta e como contá-la? E o que fazer com as histórias de todos os dias, com os relatos que desapareceram, que desaparecem, que desaparecerão? Quem os salva do esquecimento? O desastre, o luto e a urgência dizem respeito a nós – não foi por acaso que Agualusa escreveu este *Manual prático de levitação* especialmente para os leitores brasileiros.

Enfim, a questão central nos mundos deste escritor não reside na negação da memória, tampouco na sua aceitação pacífica, mas na consciência irônica e perturbadora de que ela é também fábula, engenho, engano; e mentira. Ética e politicamente, define-se um projeto literário que afirma a liberdade, e dentro dela instala uma compreensão dos processos históricos que reconhece as multiplicidades, a beleza das contradições e que, sobretudo, convoca a disponibilidade imaginativa como uma espécie de amor pelas coisas.

Neste *Manual prático de levitação* – como nos livros *Nação crioula*, *O ano em que Zumbi tomou o Rio*, *As mulheres de meu pai*, *A rainha Ginga*, entre outros, mas também nas suas crônicas de jornal – José Eduardo Agualusa reafirma com emoção, *humour*, leveza, ironia, intensidade, que todos somos invenção. E que, por isso, é possível escrevermos nossas vidas – contos breves, no fim das contas – de modo livre e libertador. Vale a pena fazer o exercício. A levitação é uma prática.

ANGOLA

A NOITE EM QUE PRENDERAM PAPAI NOEL

O velho Pascoal tinha uma barba comprida, branca, esplendorosa, que lhe caía em tumulto pelo peito. Estilo? Não: era apenas miséria. Mas foi por causa daquela barba que ele conseguiu trabalho. Por isso e por ter nascido albino, pele de osga e piscos olhinhos cor-de-rosa, sempre escondidos por detrás de uns enormes óculos escuros. Naquela época já nem pensava mais em procurar emprego, certo de que morreria em breve numa rua qualquer da cidade, mais de tristeza que de fome, pois para se alimentar bastava-lhe a sopa que todas as noites lhe dava o General, e uma ou outra côdea de pão descoberta nos contentores. À noite dormia na cervejaria, na mesa de bilhar, enrolado num cobertor, outro favor do General, e sonhava com a piscina.

Tinha trabalhado quarenta anos na piscina — desde o primeiro dia! — como zelador. Sabia ler, contar, e ainda todas as devoções que aprendera na Missão, sem falar na honestidade, higiene, amor ao trabalho. Os brancos gostavam dele, era Pascoal para aqui, Pascoal para ali, confiavam-lhe as crianças pequenas, alguns até o convidavam para jogar futebol (foi um bom goleiro), outros faziam confidências, pediam o quarto emprestado para fazer namoros.

O quarto de Pascoal ficava junto aos vestiários masculinos. Aquela era a sua casa. Os brancos davam-lhe palmadas nas costas:

"Pascoal, o único preto em Angola que tem casa com piscina."

Riam-se:

"Pascoal, o preto mais branco de África."

Contavam piadas sobre albinos:

"Conheces aquela do soba, no Dia da Raça, que foi convidado para discursar? O gajo subiu ao palanque, afinou a voz e começou: *Aqui em Angola somos todos portugueses, brancos, pretos, mulatos e albinos, todos portugueses*".

Os pretos, pelo contrário, não gostavam de Pascoal. As mulheres muxoxavam, cuspiam quando ele passava, ou, pior do que isso, fingiam nem sequer o ver. As crianças saltavam o muro, madrugadinha, e lançavam-se à piscina. Ele tinha de se levantar, em cuecas, para os tirar de lá. Um dia comprou uma espingarda de chumbinhos, de segunda mão, e passou a disparar contra eles emboscado por detrás das acácias.

Quando os portugueses fugiram, Pascoal compreendeu que os dias felizes haviam chegado ao fim. Assistiu com desgosto à entrada dos guerrilheiros, aos tiros, ao saque das casas. O que mais lhe custou, nos meses seguintes, foi vê-los entrar na piscina, camarada para aqui, camarada para ali, como se já ninguém tivesse nome. As crianças, as mesmas que antigamente Pascoal expulsava a tiros de chumbinho, faziam xixi do alto das pranchas. Até que numa certa tarde faltou a água. Não veio no dia seguinte, nem no outro, nem nunca mais. O cloro acabou pouco depois. A piscina murchou. Ficou amarela, de um amarelo baço, ficou ainda mais baça, e subitamente encheu-se de rãs. Ao princípio Pascoal tentou combater a invasão indo buscar a espingarda. Não resultou. Quanto mais rãs matava, mais rãs apareciam, rãs felizes, enormes, que nas noites de lua cheia cantavam até de madrugada, abafando o eco dos tiros, ao longe, e o latido dos cães.

Uma espécie de cansaço desceu por sobre as casas e a cidade começou a morrer. África — vamos chamar-lhe assim

— voltou a apoderar-se do que fora seu. Abriram-se cacimbas nos quintais. Acenderam-se fogueiras nos jardins. O capim rompeu o asfalto, invadiu os passeios, os muros, os pátios. Mulheres pilavam milho nos salões. Os frigoríficos passaram a servir para guardar sapatos. Pianos deram excelentes coelheiras. Gerações de cabras cresceram a comer bibliotecas, cabras eruditas, especializadas em literatura francesa, umas, outras em finanças ou arquitetura. Pascoal esvaziou a piscina, limpou-a, juntou todo o dinheiro que tinha e comprou galinhas. Pediu desculpa à piscina:

"Amiga", disse-lhe: "é só por alguns meses. Vou vender ovos, vendo os pintos e compro água boa, compro cloro, vais voltar a ser bonita como antigamente."

Os tempos que se seguiram, porém, foram ainda piores. Uma tarde apareceram soldados e levaram as galinhas. Pascoal não disse nada. Devia, talvez, ter dito alguma coisa.

"Esse albino está armado em arrogante", irritou-se um soldado: "Deve pensar que é branco, vejam só, um branquinho de imitação."

Bateram-lhe. Deixaram-no como morto dentro da piscina. Meses depois, vieram outros soldados. Tinham-lhes dito que ali havia um albino que criava galinhas, e como não encontraram nenhuma, é claro, bateram-lhe também.

A guerra regressou com muita raiva. Aviões bombardearam a cidade, o que restava dela, durante cinquenta e cinco dias. Ao trigésimo sexto, uma das bombas destruiu a piscina. Durante semanas, andou Pascoal à deriva por entre os escombros.

Uma vez apareceram três homens de jipe, um branco, um mulato, um preto, e todos de casaco e gravata.

"Meu Deus! Meu Deus!" Lamentou o mulato, fazendo com a mão um largo gesto de desânimo: "Foi um urbicídio isto, um urbicídio...". Pascoal não sabia o significado da palavra mas gostou dela. "Foi um urbicídio", repetiu, e ainda hoje, sempre que se lembra da piscina, fica horas a remoer aquela frase: "foi um urbicídio, aquilo, um urbicídio". Uma tropa de brancos muito estrangeiros, todos com chapeuzinhos azuis, recolheu-o numa madrugada de chuva e trouxe-o para Luanda. Ficou dois dias no hospital, onde lhe trataram das feridas e lhe deram de comer. Depois mandaram-no embora. O velho passou a viver na rua. Um dia, era dezembro e fazia muito calor, o indiano do novo supermercado, na Mutamba, veio falar com ele:

"Precisamos de um Pai Natal", disse-lhe: "contigo poupávamos na barba e, além disso, como tens um tipo nórdico, ficava a coisa mais autêntica. Estamos a dar três milhões por dia. Serve?"

A função dele era ficar em frente ao supermercado, vestido com um pijama vermelho, e de barrete na cabeça. Como estava magrinho, foi necessário amarrarem-lhe duas almofadas na barriga. Pascoal sofria com o calor, suava o dia inteiro debaixo do sol, mas pela primeira vez ao fim de muitos anos sentia-se feliz. Assim vestido, com um saco na mão, ele oferecia prendas às criancinhas (preservativos doados por uma organização não governamental sueca ao Ministério da Saúde) e convidava os pais a entrarem na loja. "Sou o Pai Natal cambulador", explicou ao General.

Cambulador foi ofício em Angola até a primeira metade deste século: gente contratada para aliciar clientes à porta dos estabelecimentos comerciais. Cada dia Pascoal gostava mais daquele trabalho. As crianças corriam para ele de braços abertos. As mulheres riam-se, cúmplices, piscavam-lhe o olho (nunca nenhuma mulher lhe tinha sorrido); os homens cumprimentavam-no com deferência:

"Boa tarde, Pai Natal! Este ano como é que estamos de prendas?"

O velho apreciava sobretudo o espanto dos meninos da rua. Faziam roda. Pediam muita licença para tocar o saco. Um, pequenino, fraquinho, segurou-lhe as calças:

"Paizinho Natal", implorou: "me dá um balão."

Pascoal tinha instruções severas para só oferecer preservativos às crianças acompanhadas, e mesmo assim dependia do aspecto da companhia. O contrato era claro: meninos da rua deviam ser enxotados.

Ao fim da segunda semana, quando a loja fechou, Pascoal decidiu não tirar o disfarce e foi naquele escândalo para a cervejaria. O General viu-o e não disse nada. Serviu-lhe a sopa em silêncio.

"Faz muita miséria neste país", queixou-se o velho enquanto sorvia a sopa: "o crime compensa".

Nessa noite não sonhou com a piscina. Viu uma senhora muito bonita descer do céu e pousar na beira da mesa de bilhar. A senhora usava um vestido comprido com pedrinhas brilhantes e uma coroa dourada na cabeça. A luz saltava-lhe da pele como se ela fosse um candeeiro.

"Tu és o Pai Natal", disse-lhe a senhora: "Mandei-te aqui para ajudar os meninos despardalados. Vai à loja, guarda os brinquedos no saco e distribui-os pelas crianças."

O velho acordou estremunhado. Na noite densa, em redor da mesa de bilhar, flutuava uma poeira incandescente.

Voltou a enrolar-se no cobertor mas não conseguiu adormecer. Levantou-se, vestiu-se de Pai Natal, pegou no saco e saiu para a rua. Em pouco tempo chegou à Mutamba. A loja brilhava, enorme na praça deserta, como um disco voador. As Barbies ocupavam a montra principal, cada uma no seu vestido, mas todas com o mesmo sorriso entediado. Na outra montra estavam os monstros mecânicos, as pistolas de plástico, os carrinhos elétricos. Pascoal sabia que se partisse o vidro dessa montra, conseguiria passar a mão através das grades e abrir a porta. Pegou numa pedra e partiu o vidro. Já estava a sair, com o saco completamente cheio, quando apareceu um polícia. No mesmo instante, atrás dele, acendeu-se uma acácia, na esquina, e Pascoal viu a Senhora, a sorrir para ele, flutuando sobre o lume das flores. O polícia não pareceu dar por nada.

"Velho sem vergonha", gritou: "Vais dizer-me o que levas nesse saco?"

Pascoal sentiu que a sua boca se abria, sem que fosse essa a sua vontade, e ouviu-se a dizer:

"São rosas, senhor."

O polícia olhou-o confuso:

"Rosas? O velho está cacimbado..."

Deu-lhe um forte tapa com as costas da mão. Tirou a pistola do coldre, apontou-a à cabeça dele e gritou:

"São rosas? Então mostra-me lá essas rosas!..."

O velho hesitou um momento. Depois voltou a olhar para a acácia em flor e viu outra vez a Senhora sorrindo para ele, belíssima, toda ela uma festa de luz. Pegou no saco e despejou-o aos pés do guarda. Eram rosas, realmente — de plástico.

Mas eram rosas.

ELES NÃO SÃO COMO NÓS

"Judas he verdade que foi traidor, mas com lanternas adiante; traçou a traição às escuras, mas executou-a muito às claras. O polvo escurecendo-se a si tira a vista aos outros, e a primeira traição e roubo que faz he à luz para que não distinga as cores."
— Padre António Vieira —

Quem naquela noite salvou Dona Filipinha de Carpo foi o padre António Vieira. A velha senhora tinha-se deitado a ler o "Sermão aos Peixes" e tão encantada ficara com o discurso do jesuíta que às duas horas da manhã ainda estava acordada. Foi assim que ouviu, no quarto de Carolina, o furtivo ranger da janela a abrir-se e depois, com toda a certeza, passos de homem. Levantou-se em camisa de noite (uma espantosa camisa em seda estampada que Charles lhe trouxera de Singapura) e avançou pelo corredor segura de que finalmente estava a acontecer-lhe aquilo que há muitos anos receava. Quando abriu a porta viu um homem debruçado sobre a menina, viu que ela dormia, viu a faca, e soube o que ia acontecer em seguida.

"Não faça isso", disse baixinho: "ela só tem quinze anos."

O homem voltou-se em silêncio e apontando-lhe a faca murmurou:

"Se gritares matamos-te já!"

Estava assustado. Dona Filipinha teve pena dele:

"Pouse a faca", disse-lhe: "Pouse a faca e vamos conversar".

O homem tinha um ar feroz mas ao mesmo tempo desamparado. Vestia uma velha farda do exército, muito gasta, e trazia umas sandálias abertas, que deixavam ver as unhas pintadas, uma de cada cor. Olhou-a com raiva:
"Conversar? Conversar não nos mata a fome!"
A velha senhora sorriu:
"É verdade! Vamos então para a cozinha e eu sirvo-lhe uma sopa quente. E depois, se quiser, podemos conversar."
O homem seguiu-a de rosto fechado. Na cozinha sentou--se, pousou a faca na mesa, e só então pareceu tranquilizar-se um pouco.
"No Cuíto", disse: "sonhávamos todas as noites com comida".
Dona Filipinha olhou-o enquanto preparava a sopa:
"Então você esteve no Cuíto?..."
O homem não pareceu ouvi-la:
"Isso foi antes de começamos a comer os mortos. Agora já só sonhamos com eles."
Pegou na faca e cortou um pão. Cortou uma grossa fatia de queijo e meteu-a no pão. Comeu tudo sem respirar. Dona Filipinha colocou-lhe o prato de sopa à frente e uma colher. Ele afastou a colher, pegou no prato com ambos as mãos e sorveu a sopa:
"Se estivesses a dormir tínhamos-te cortado o pescoço. A ti e à tua filha."
Dona Filipinha voltou a encher-lhe o prato:
"Como é que você se chama?"
O homem encolheu os ombros:
"Nós não temos nome!"
Lá fora ouviram-se tiros. Uma primeira rajada, muito perto, e logo outra ao longe. Uma voz cansada gritou qualquer coisa. A seguir não se ouviu mais nada.

"É assim todas as noites", disse a senhora: "a semana passada encontrei um cadáver nas escadas. Tinham-lhe cortado os dedos. Contei oito espalhados pelo chão. Alguém me disse que era um bandido".

O homem olhou com estranheza as próprias mãos. Pegou na colher e comeu em silêncio o resto da sopa. Falava como se estivesse sozinho.

"Estávamos seminaristas, mas o seminário fechou. Então fomos professores nas jornadas de alfabetização e depois nos alistaram nas Forças Armadas. Fizemos a guerra durante vinte anos. Matamos e morremos muitíssimo."

Voltou-se para Dona Filipinha:

"Sobraram poucos para contar como foi!"

Esfregou o rosto e ficou outra vez em silêncio. Se fechasse os olhos podia pensar-se que adormecera. Uma cama rangeu no andar de cima. Uma mulher começou a gemer enquanto a cama rangia. Era como se estivesse ali, dobrada sobre a mesa da cozinha, tensa e suando, mordendo os lençóis e gemendo ao compasso da cama.

"Arranja-nos um saco", pediu o homem: "não temos a noite inteira.

Dona Filipinha entregou-lhe um saco de couro, largo e fundo, e ele levantou-se, abriu as gavetas e começou a recolher os talheres de prata. Nesse momento Carolina entrou na cozinha, inteiramente nua, no esplendor alucinado dos seus quinze anos. Ficou um momento parada debaixo da luz, piscando os olhos, como uma gazeta surpreendida em pleno sono:

"Vinha buscar um copo de leite", disse: "Não sabia que estava gente aqui".

Dona Filipinha empurrou-a com ternura:

"Vai para o teu quarto menina. Eu já te levo o leite."
O homem sacudiu a cabeça:
"Não devia deixá-la andar assim. Não neste tempo, não neste país."
A senhora ficou aflita:
"É ainda uma criança. Podia ser sua filha."
Disse aquilo sem grande convicção. Quando Carolina tinha doze anos tirara-a da casa da família porque os cinco irmãos, todos mais velhos, se aproveitavam dela (a mãe dizia que era ela que se aproveitava deles). Agora via-a crescer belíssima, inquietante, e sentia que estava a criar uma flor carnívora. Quis falar de outra coisa mas não lhe ocorreu mais nada.
"Tenho medo dela, sussurrou: "Não é como nós".
Pela primeira vez o homem olhou-a nos olhos:
"Este país também já não é o nosso", disse baixando a voz: "É o país deles. Deus abandonou-nos e o mundo esqueceu-se de nós".
Pousou o saco sobre a mesa:
"Tens joias?"
Dona Filipinha foi ao quarto buscar a caixa onde guardava as joias, abriu-a e despejou tudo dentro do saco. A voz tremeu-lhe um pouco:
"Não tenho mais nada..."
O homem apontou para o anel de ouro que ela trazia no dedo mínimo da mão esquerda.
"Esse também!"
A senhora suspirou fundo e encarou-o:
"Não pode ser. Foi oferta da minha avó, que por sua vez o herdou da mãe. Está na família há quatro gerações. Este fica comigo."

O homem agarrou-lhe na mão e tirou-lhe o anel. A seguir colocou o saco ao ombro, saiu da cozinha, abriu a porta da rua e foi-se embora. Dona Filipinha esperou que ele descesse as escadas. Depois, voltou à cozinha e encheu um copo com leite. Nesse momento ouviu-se lá fora um tumulto de vozes, gente a correr, uma rajada rápida, risos. Carolina, nua, estava debruçado na janela do quarto:

"Más notícias!", gritou para dentro: "Limparam o teu amigo!...".

Dona Filipinha pousou o copo de leite na mesinha de cabeceira e sentou-se na cama. Sentia-se muito cansada:

"Não era meu amigo", disse: "E de qualquer forma já estava morto".

OS CACHORROS

"Em criança eu já era ambicioso. Quando me perguntavam – "o que queres ser quando fores grande?" –, punha-me nos bicos dos pés e respondia – "o maior!". Havia de ser o maior. Só não sabia em que ramo".

Jerónimo suspirou. Não disse mais nada. Não era necessário dizer mais nada. Olhando através da janela avistava-se o rio, uma massa de água lamacenta e rumorosa, que descia sempre, e sempre, em meio à ramagem das árvores, ao capim verde, às altas palmas das palmeiras, arrastando para o mar a última luz do dia. Jerónimo levara-me a visitar toda a fazenda. Achei-a imensa. Mostrou-me o lago (salgado) onde pousavam os flamingos. Imitou o canto de diversos pássaros, conseguindo, em alguns casos, que estes lhe respondessem. Deixou que eu fotografasse, pousada numa larga folha de bananeira, uma espécie raríssima de borboleta, mas não me autorizou a capturá-la. Acompanhei-o no jipe, em silêncio, enquanto ele, apontando com o dedo, me ia apresentando às diferentes ervas, ramadas, rebentos e flores, exaltando as virtudes medicinais desta ou daquela ou alertando para os perigos de uma outra.

Ao vê-lo pela primeira vez, na tarde anterior, ficara com a impressão de estar diante de um sujeito capaz de conseguir tudo aquilo que se propunha, duro e determinado. Não imaginei que as flores o comovessem. Os olhos, frios, sombrios, pousaram nos meus, e ele sorriu:

"Não nos conhecemos já?"

O sorriso transformava-o. Enquanto me mostrava a fazenda sorria o tempo todo. Em determinada altura vimos um rapazinho a cruzar um descampado. Jerónimo dirigiu o jipe na direção dele.

"Estás a caçar pássaros?"

O rapaz assegurou que não. Jerónimo sacudiu os ombros:

"Ainda bem. Seja como for isto é terreno privado. É melhor saíres daqui antes que anoiteça. Depois solto os meus cães e eles dão contigo e comem-te. Não vai sobrar nada de ti. Nem os ossos."

O rapaz riu-se. Jerónimo também se riu e eu imitei-o. A rir parecia um menino. Dali, de onde estávamos agora, sentados ambos em cadeirões de verga, podíamos ver o rio, um caminho entre palmeiras e, ao fundo, a jaula onde os cães aguardavam. Eram animais sólidos, ansiosos, que não pareciam feitos de carne, mas de um material simultaneamente mais firme e mais elástico. Tinham uma cabeça enorme, desproporcionada em relação ao corpo, e era evidente que toda a sua energia convergia para os possantes maxilares. Jerónimo reparou no meu olhar:

"Ah, sim, são perigosos. Atacam sem aviso e quando fecham os dentes ninguém consegue que voltem a abrir a boca."

Contou que, meses antes, um animal da mesma ninhada dos que eu via ali mordera um camponês numa das pernas. Nunca mais a largou, nem quando os outros trabalhadores o feriram, no lombo e na cabeça, com paus e com pedras, nem quando o regaram com jatos fortes de água, nem quando lhe lançaram álcool nos olhos, nem sequer depois que o mataram, cortando-lhe o pescoço a golpes de catana.

"Há países onde é proibido criar estes cães. A mim, tudo o que é proibido me entusiasma. Agora estão um pouco preguiçosos. Costumava treiná-los todos os dias, com a ajuda de um burro, mas o burro suicidou-se."

"Um burro?!"

"Sim, suicidou-se. Atirou-se ao rio."

Explicou que costumava amarrar o burro a uma árvore e depois açulava os cães contra ele. O burro lutava bravamente, às patadas, às dentadas, até repelir os atacantes.

"Mas não se magoava?"

"É claro. Os cães arrancavam-lhe pedaços de carne. Bifes inteiros."

Riu-se muito. Eu não me ri. Levantei-me e dei alguns passos em direção à porta. A noite já tinha caído e cobria tudo, agora, com o seu vasto silêncio de estrelas. Voltei a sentar-me. Jerónimo foi soltar os cães.

UM CICLISTA

Para o Ruy Duarte de Carvalho

O passado é como o mar: nunca sossega. As casas encolhem, como os velhos, ao passo que as árvores crescem sem parar. Quando regressamos, decorridos muitos anos, aos lugares da nossa infância encontramos árvores gigantescas e, sufocando de terror à sombra delas, as casas minúsculas que um dia foram nossas. Mal reconhecemos a cama de bonecas em que dormimos quando éramos crianças, ou o quintal, que sempre julgámos ser imenso, e que tem, afinal, apenas dois palmos de fundo.

O meu pai dizia-me – "a vida é uma corrida, meu filho. Quem olha para trás enquanto corre, arrisca-se a tropeçar".

Eu não olho para trás. Avanço por vezes de olhos fechados, e tropeço, como os outros, e eventualmente caio, mas não olho para trás. Nunca fui pessoa de cultivar saudades. Não coleciono álbuns de fotografias, e jamais guardei pétalas secas entre as páginas de velhos livros. Sigo sempre em frente. Quando me perguntam para onde vou encolho os ombros. Rio-me:

"Adiante."

O mundo é infinito para quem viaja a pé. Eu viajo a pé, à boleia de algum caminhão, ou de bicicleta. Andando de caminhão, ou de bicicleta, o mundo parece um pouquinho menor, mas ainda assim, digo-lhe, é uma imensidão. Não tenho muitos estudos. Aprendi a ler e a contar. Raramente leio o que quer que seja. Quando encontro algum jornal lanço uma vista de olhos à página da necrologia. Como não conheço ninguém, não tenho amigos em parte nenhuma, choro pelos desconhecidos, aqueles que me parecem mais simpáticos, vou pelo semblante, entende?, ou pelo nome. Há sempre algum José por quem chorar. Não choro de pena. Choro apenas para praticar.

Enquanto viajo conto os quilômetros para enganar o tédio. Desconheço o que me espera quando cruzo uma fronteira. Não passo duas vezes pelo mesmo lugar. Cheguei ontem, por exemplo, do Huambo. O senhor conhece? Pois olhe, eu também nasci numa cidade chamada Huambo, mas muito longe deste país, nas montanhas do Peru. Tinha uma leprosaria que o Che Guevara visitou. Não há lugares repetidos. Só os nomes se repetem.

Como faço para sobreviver? Estou atento. Há poucos dias um camponês disse-me apontando em redor: "Tudo o que não é mato engorda". Concordo. Veja bem: as mangas. Durante um mês comi apenas mangas. Só o perfume das mangas, se forem doces, já alimenta. Isso, ou um canavial a arder. Goiabas maduras. Também se pode sobreviver muito tempo comendo unicamente milho ou feijão. Um homem em andamento não morre de fome. Entrei em Angola, pedalando esta bicicleta, e em poucos minutos estava no meio do deserto. Fui subindo. Na primeira noite dei com um acampamento de pastores. Ofereceram-me água e leite azedo. Na tarde seguinte parou um jipe à minha frente. Um branco e um preto. Ficaram muito admirados por verem um tipo assim como eu, meio índio, tão longe de tudo. Também eles me deram água. Levaram-me no jipe até Mossamedes. Depois subi a serra, sozinho, na minha bicicleta, e fiquei uma semana no Lubango, a descansar.

UM CICLISTA

Acontece chegar a uma cidade e achar que é agradável e então deixo-me estar um mês ou dois, procuro trabalho, engordo, e sempre ganho algum dinheiro para gastar no caminho. Lavo pratos, esfrego o chão, e além disso sou um bom cozinheiro. Quando sinto que me começo a afeiçoar a um lugar despeço-me e vou-me embora.

Quem não ama não sofre. Quem nada tem, não tem nada a perder. É o que penso.

Um dia adormeci no topo de um enorme despenhadeiro. Acordei com a primeira luz. A manhã pousou-me no ombro, como um pássaro, e ali ficou. Diante de mim havia o mar. Atrás de mim o céu profundo, altas montanhas. Era um lugar sem exemplo, arredado do mundo, como um elefante velho que se perdeu da manada. Até aquele instante eu viajava sem saber porquê. E então, sentado sobre o abismo, ocorreu-me pela primeira vez essa questão. "O que faço aqui?". Pensei em voltar para trás. Porém, tinha caminhado demais, e já tanto fazia recuar como avançar. Continuei em frente. Hoje viajo para saber porquê. Desaponta-o, talvez, este final – esperava outro?

Se tivesse ficado lá atrás, nas montanhas do Peru, onde nasci, venderia botões, como o meu pai. Teria algo a perder, família e dinheiro, por certo sofreria mais. Quanto ao resto não sei se seria, em substância, muito diverso do que sou. Ignoraria certas coisas, sim, o senhor tem razão, mas não me prejudicaria tal ignorância, pois nem sequer daria por ela.

Não sei. Acho que um dia eu paro.

PASSEI POR UM SONHO

Começou com um sonho. Afinal, é como começa quase tudo. Justo Santana, enfermeiro de profissão, sonhou um pássaro.

"Passei por um sonho", disse à mulher quando esta acordou: "e vi um pássaro".

A mulher quis saber que espécie de pássaro, mas Justo Santana não foi capaz de precisar. Era um pássaro grande, grave, branco como um ferro incandescente, e com umas asas ainda mais brilhosas, que o dito pássaro usava sempre abertas, de tal maneira que fazia lembrar Jesus Cristo pregado na cruz.

"Fui sonhado por ti", disse-lhe o pássaro, "com o fim de esclarecer o espírito dos Homens e de trazer a liberdade a este pobre país."

O discurso do pássaro assustou o enfermeiro, homem simples, tímido, avesso a confrontos, e sem qualquer vocação para a política.

"Foi apenas um sonho", disse à mulher: "um sonho estúpido".

Na noite seguinte, porém, o pássaro voltou a aparecer-lhe. Estava ainda mais branco, mais trágico, e parecia aborrecido com o desinteresse do enfermeiro:

"Ordeno-te que vás por esse país fora e digas a todos os homens que se preparem para um mundo novo. Os brancos vão partir e os pretos ocuparão as casas, os palácios, as igrejas e os quartéis, e a liberdade há-de reinar para sempre."

Dizendo isto sacudiu as asas e as suas penas espalharam-se pelo quarto:

"Com estas minhas penas hás-de curar os enfermos", disse o pássaro: "e assim até os mais incrédulos acreditarão em ti e seguirão os teus passos".

Quando Justo Santana despertou o quarto brilhava com o esplendor das penas. Na manhã desse mesmo dia o enfermeiro serviu-se de uma delas para curar um homem com elefantíase e à tardinha devolveu a vista a um cego. Passado apenas um mês a sua fama de santo e milagreiro já se espalhara muito para além das margens do Rio Zaire e à porta da sua casa ia crescendo uma multidão de padecentes. Alguns tinham vindo de muito longe, a pé, ou em improvisadas padiolas, e chegavam cobertos por uma idêntica poeira vermelha — bonecos de barro à espera de um sopro divino.

Justo Santana colocava na boca dos enfermos uma pena do pássaro, como se fosse uma hóstia, e estes imediatamente ganhavam renovado alento. Enquanto fazia isto o enfermeiro repetia os discursos do pássaro, incapaz de compreender a fúria daquelas palavras e o alcance delas. Todas as noites sonhava com a ave e todas as noites esta o forçava a decorar um discurso novo, após o que sacudia as asas, espalhando pelo ar morto do quarto as penas milagrosas:

"Se esse pássaro continuar assim tão generoso", disse Justo Santana à mulher: "ainda o hei-de ver transformado numa alma despenada".

Isto durou um ano. Então, numa manhã de cacimbo, apareceram quatro soldados à porta da casa, afastaram com rancor a multidão de desvalidos, e levaram Justo Santana. O infeliz foi acusado de fomentar o terrorismo e a sublevação, e desterrado para uma praia remota, em pleno deserto do Namibe, onde passou a exercer o ofício de faroleiro.

Quando o encontrei, muitos anos depois, em Luanda, ele falou-me desse desterro com nostalgia:

"Foi a melhor época da minha vida."

Encontrei-o doente, estendido numa larga cama de ferro, sob lençóis muito brancos. No quarto havia apenas a cama e um pequeno crucifixo preso à parede. Na sala ao lado os devotos rezavam murmurosas ladainhas. Aquela era a sede da Igreja do Divino Espírito. Não tinha sido nada fácil chegar até junto do enfermeiro: os seus seguidores guardavam-no como a uma relíquia — na verdade mantinham-no preso ali, naquele quarto, quase isolado do mundo, desde 1975.

A melhor época da vida de Justo Santana terminou de forma trágica, numa noite de tempestade, quando um bando de aves migratórias caiu sobre o farol. Enlouquecidas pela luz as avezinhas batiam contra o cristal até quebrarem as asas, sendo depois arrastadas pelo vento. Isto está sempre a acontecer. Milhares de aves migratórias morrem todos os anos traídas pelo fulgor dos faróis. Naquela noite, desrespeitando as normas, Justo Santana foi em socorro das aves e desligou o farol. Teve pouca sorte: um barco com tropas, de regresso à metrópole, perdeu-se na escuridão e encalhou na praia. Dessa vez o enfermeiro foi julgado, condenado a quinze anos de prisão, e enviado para o Tarrafal, em Cabo Verde. Foi solto com a Revolução de Abril e regressou a Angola.

Quando o visitei, antes de me ir embora, quis saber se o pássaro ainda lhe frequentava os sonhos. Ele olhou em redor para se certificar de que estávamos sozinhos:

"Estrangulei-o", segredou com um sorriso cúmplice: "mas enquanto eu for vivo não conte isto a ninguém".

O HOMEM DA LUZ

Para o Miguel Petchkovsky e a Ana Paula Tavares

Nicolau Alicerces Peshkov tinha uma cabeça enorme, ou talvez o corpo fosse mirrado para ela, o certo é que parecia colocada por engano num físico alheio. O cabelo, o que restava, era daninho e ruivo e o rosto coberto de sardas. O nome improvável, a fisionomia ainda mais extraordinária, tudo isso se devia à passagem pelas terras altas do Huambo de um russo extraviado, um russo branco, que nos seus delírios alcoólicos se vangloriava de ter servido Nicolau II como oficial de cavalaria. Além do nome e das sardas, Nicolau Alicerces Peshkov herdara do pai a paixão pelo cinema e uma velha máquina de projetar. Foi precisamente o nome, as sardas, a máquina de projetar, digamos pois, a herança russa, que quase o levou a enfrentar um pelotão de fuzilamento.

Antes disso havia passado dois dias e uma noite escondido dentro de uma caixa de peixe seco. Acordara sobressaltado com o latido dos tiros. Não sabia onde estava. Isso acontecia-lhe sempre. Sentou-se na cama e procurou lembrar-se, enquanto o tiroteio crescia lá fora: chegara ao entardecer, pedalando na sua velha bicicleta, alugara um quarto na pensão de um português, despedira o miúdo James, que tinha família na vila, e fora-se deitar. O quarto era pequeno. Uma cama de ferro com uma tábua por cima e sem colchão. Um lençol, limpo mas muito usado, puído, a cobrir a tábua. Um penico de esmalte. Nas paredes alguém pintara um anjo azul. Era um bom desenho, aquele. O anjo olhava-o de frente, olhava para alguma coisa que não estava ali, com o mesmo alheamento luminoso e sem esperança de Marlene Dietrich.

Nicolau Alicerces Peshkov, a quem os mucubais chamavam o Homem da Luz, abriu a janela do seu quarto para se inteirar das razões da guerra. Espreitou para fora e viu que ao longo de toda a rua se agitava uma turba armada, militares alguns, a maioria jovens civis com fitinhas vermelhas amarradas na cabeça. Um dos jovens apontou-o aos gritos e logo outro fez fogo na sua direção. Nicolau ainda não sabia que guerra era aquela mas compreendeu que, qualquer que fosse, estava do lado errado – ele era o índio, ali, e não tinha sequer um javite (machadinha) para se defender. Saiu do quarto, em cuecas, entrou pela cozinha, abriu uma porta e encontrou um quintalão estreito, fechado ao fundo por um alto muro de adobe. Conseguiu saltar o muro, trepando por uma mangueira esquálida, que crescia ao lado, e achou-se num outro quintal, este mais ancho, mais desamparado, junto a uma barraca de pau a pique que parecia servir de arrecadação. Pensou em James Dean. O que faria o garoto naquela situação? Certamente saberia o que fazer, James era um especialista em fugas. Viu um tanque de lavar roupa, com água até cima, coberto por uma lona. James Dean entraria para dentro do tanque, e ficaria ali, o tempo que fosse necessário, à espera que lhe nascessem escamas. Ele, porém, não cabia naquela prisão. O corpo até se encaixava mas não a cabeça. Estava neste desespero, podia ouvir a turba a aproximar-se, quando deu com a caixa de peixe. O cheiro era pavoroso, um odor forte a mares putrefatos, mas tinha o espaço exato para um homem agachado. Assim meteu-se dentro da caixa e aguardou.

Espreitando por uma fresta viu chegar a malta das fitinhas. Arrastavam pelo pescoço, empurravam, faziam avançar a pontapé e à coronhada, cinco pobres tipos cuja única culpa, aparentemente, era falarem umbundo. Deitaram os homens de costas e recomeçaram a bater-lhes, com as armas, com os cintos, com grossos paus, gritando que aquilo era apenas o mata-bicho. Uma mulher apareceu pouco depois segurando uma pistola, afastou os agressores com um simples olhar, encostou a arma à nuca de um dos desgraçados e disparou. A seguir fez o mesmo com os outros quatro. Trouxeram a seguir dois rapazes e quatro senhoras, uma delas com um filho pequeno às costas, todos chorando e lamentando-se muito. Ao verem os cadáveres a gritaria aumentou. Um dos soldados destravou a arma: "Quem chorar os mortos morre também".

Os outros começaram a espancar o grupo, não poupando sequer a criança, ao mesmo tempo que um sujeito com uma câmara de filmar dançava em redor.

Nicolau Alicerces Peshkov afastou o rosto da fresta e fechou os olhos. Não lhe valeu de nada: mesmo com os olhos fechados viu dois dos jovens com fitinhas violarem uma das senhoras; viu-os matarem a criança, à coronhada, e o resto do grupo a tiro e pontapés.

Saiu da caixa ao entardecer do dia seguinte. Estava tão exausto, era tal o tumulto no seu peito franzino, que não se apercebeu do militar, ali mesmo, sentado junto à caixa, vigiando os cadáveres. O homem olhou-o surpreso, alegre como um garoto que tivesse acabado de achar um brinde dentro de um bolo-rei, e conduziu-o pela mão ao quartel da polícia. À entrada um homem muito alto, magro, de barba cerrada, parecia esperar por eles. Levaram-no até uma sala sem janelas, fizeram-no sentar-se numa cadeira. O homem alto perguntou-lhe o nome.

"Peshkov? Nicolau Peshkov?! O camarada é russo? Calha bem. Eu estudei em Moscovo, na Lubianka, falo russo melhor do que português."

E desatou numa algaraviada hermética que pareceu divertir toda a gente. Nicolau Peshkov riu-se também, vendo os outros rirem, mas apenas por uma questão de cortesia, porque o que realmente lhe fazia falta era chorar.

O homem alto ficou bruscamente sério. Apontou para uma maleta de couro sobre a sua secretária:

"Conhece isto?"

Nicolau Peshkov reconheceu a mala onde guardava o projetor e os filmes. Explicou quem era. Há quarenta anos que percorria o país com aquela máquina. Orgulhava-se de ter levado a sétima arte aos desvãos mais longínquos de Angola – lugares esquecidos pelo resto do mundo. Na época colonial viajava de comboio. Benguela, Ganda, Chianga, Lépi, Catchiungo, Chinguar, Cutato, Catabola, Camacupa, Munhango, Luena. Onde o comboio parava ele saía. Estendia a tela, colocava o projetor sobre o tripé, armava meia dúzia de cadeiras de lona para os notáveis da vila. O povo, esse, vinha de muito longe, dos sertões em redor, de lugares com nomes secretos, inclusive de lugares sem nome algum. Ofereciam-lhe cabras, galinhas, ovos, carne de caça. Sentavam-se do outro lado da tela, contra a luz do projetor, e viam o filme pelo avesso.

A guerra após a independência destruiu o caminho de ferro e ele ficou amarrado às cercanias das grandes cidades.

Perdeu em pouco tempo tudo quanto havia conseguido nos vinte anos anteriores. Fixou-se no sul. Viajava de bicicleta, com o seu ajudante, o jovem James Dean, entre o Lubango e a Humpata, entre a Huíla e a Chibia. Por vezes arriscava descer a Mossamedes. Talvez Porto Alexandre. Baía dos Tigres. Não saía dali. Levava um lençol branco, prendia-o à parede de uma cubata, qualquer parede servia, preparava o projetor e passava o filme. James Dean pedalava a sessão inteira para produzir a eletricidade. Numa noite serena, sem lua, não havia melhor sala de cinema.

O homem alto ouviu-o com interesse. Tomou notas.

"Pode provar que é efetivamente o cidadão que pretende ser?"

Provar? Nicolau Peshkov tirou do bolso da camisa um papel amarelado e desdobrou-o cuidadosamente. Era um recorte do Jornal de Angola. Uma entrevista publicada cinco anos antes: *O Último Herói do Cinema*. Na fotografia, a preto e branco, Nicolau Alicerces Peshkov posava ao lado da sua bicicleta, as mãos no guiador, a enorme cabeça ligeiramente fora de foco.

O homem alto agarrou no recorte, voltou-o, e começou a ler um artigo qualquer sobre a importação de farinha de bombó. "Não é esse, chefe, não é esse", gemeu Nicolau Peshkov, "leia por favor a reportagem que está do outro lado. Veja a fotografia. Sou eu". O homem alto olhou-o com desdém:

"Camarada Peshkov, você, um sujeito que ignora a língua paterna, é você que me diz o que devo ou não devo ler?!"

Leu o artigo até ao fim. Até ao fim, não, porque o artigo estava cortado a meio.

"Onde está o resto desse artigo?"

Nicolau Alicerces Peshkov falou devagar:

"Chefe, não é esse o artigo. O artigo que interessa, através do qual posso provar que sou de fato a minha própria pessoa, esse artigo está do outro lado."

O homem alto perdeu a paciência:

"Porra! Pensas que aqui somos todos burros?! Estou a perguntar onde está o resto deste artigo. Se você não responder eu lhe mando fuzilar por ocultar informação. Vou contar até dez."

Talvez ele não saiba contar até dez – pensou Nicolau Peshkov. Infelizmente sabia. Contou até dez, pausadamente, e depois girou a cadeira e ficou um longo momento a olhar a parede. Voltou-se, abriu a maleta que estava sobre a secretária e retirou o projetor.

"Mostra-nos lá o filme, fantoche. Quero saber o que andaste a filmar. Objetivos militares, está-se mesmo a ver."

Nicolau Peshkov pediu um lençol limpo, um martelo e pregos. Esticou o lençol e pregou-o à parede. Montou o projetor sobre uma cadeira. Não disse nada. Tinha aprendido muito nas últimas horas. O filme era, de alguma forma, obra sua. O trabalho de uma vida. Montara-o, quase fotograma a fotograma, recorrendo ao que sobrara dos filmes do pai. Pediu que apagassem a luz. Um dos soldados subiu para um banco e desenroscou com cuidado a lâmpada do teto.

Peshkov ligou a máquina à corrente e uma luz puríssima caiu sobre o lençol. Na primeira cena via-se uma família a ser atacada por pássaros dentro da sua própria casa. O episódio impressionou muito os assistentes (impressionava sempre). O homem alto falou por todos:

"Já viram?! Passarinhos tipo mabecos".

A seguir apareceu um velho empoleirado sobre um telhado a tocar violino.

"É para enxotar os pássaros", concluiu um dos guardas, "esse cota é feiticeiro".

Viu-se ainda um caubói a beijar a namorada em frente a uma cascata. Finalmente um homem de olhos tristes, chapéu na cabeça, despediu-se de um casal num aeroporto. Quando o casal embarcou apareceu um outro sujeito com uma pistola, mas o tipo do chapéu foi mais rápido e deu-lhe um tiro. O casal devia estar ainda a fugir dos pássaros. *The End*.

A luz do projetor tremeu, apagou-se, e fez-se um grande silêncio. Finalmente o homem alto levantou-se, subiu para o banco, e voltou a enroscar a lâmpada da sala. Suspirou.

"Você pode ir Peshkov. Desapareça. O filme fica".

Nicolau Alicerces Peshkov saiu para a rua. Uma lua imensa brilhava sobre o mar. Puxou um pente do bolso traseiro das calças e alisou com ele os seus últimos cabelos ruivos. Endireitou as costas e foi à procura de James Dean. O miúdo saberia o que fazer.

BRASIL

MANUAL PRÁTICO DE LEVITAÇÃO

Não gosto de festas. Aborrece-me a conversa fiada, o fumo, a alegria fátua dos bêbados. Irritam-me ainda mais os pratos de plástico. Os talheres de plástico. Os copos de plástico. Servem-me coelho assado num prato de plástico, forçam-me a comer com talheres de plástico, o prato nos joelhos, porque não há mais lugares à mesa, e inevitavelmente o garfo quebra-se. A carne salta e cai-me nas calças. Derramo o vinho. Além disso odeio coelho. Faço um esforço enorme para que ninguém repare em mim, mas há sempre uma mulher que, a dada altura, me puxa pelo braço, "vamos dançar?", e lá vou eu, de rastos, atordoado pelo estrídulo dissonante dos perfumes e o volume da música. Terminado o número, um tanto humilhado porque, confesso, tenho o pé pesado, sirvo-me de um uísque, com muito gelo, mas logo alguém me sacode, "o que foi, meu velho, estás chateado?", e eu, que não, esforçando-me por sorrir, esforçando-me por rir às gargalhadas, como o resto da chusma, "chateado? por que havia de estar chateado?", o dever da alegria chama-me, grito, lá vou, lá vou, e regresso à pista, e finjo que danço, finjo que estou feliz, pulando para a direita, pulando para a esquerda, até que se esqueçam de mim. Naquela noite estava quase a ser esquecido quando reparei num sujeito alto, todo vestido de branco, como um lírio, alva cabeleira à solta pelos ombros, a rondar sombriamente os pastéis de bacalhau. O homem parecia estar ali por engano. Achei-o de repente tão desamparado quanto eu. Podia ser eu, exceto pela roupa, pois evito o branco. O branco não é muito apropriado para o meu negócio. Menos ainda as cores garridas. Obedeço ao lugar-comum – visto-me de negro. Aproximei-me do homem, numa solidariedade de náufrago, e estendi-lhe a mão.

"Sou Fulano", disse-lhe: "Vendo caixões".

A mão do homem (entre a minha) era lassa e pálida. Os olhos tinham um brilho escuro, vago, como um lago, à noite, iluminado pela luz do luar. A maioria das pessoas não consegue disfarçar o choque, ou o riso, depende da circunstância, quando escutam a palavra caixões. Alguns hesitam: "paixões?" "Não", corrijo, "caixões". O sujeito, porém, permaneceu imperturbável.

"Nenhum nome é verdadeiro", respondeu-me, com forte sotaque pernambucano: "Mas pode me chamar Emanuel Subtil".

"E o que faz o senhor?"

"Sou professor..."

"Ah, sim? E de quê?"

Emanuel Subtil sacudiu a cabeleira num movimento distraído:

"Dou aulas de levitação".

"Levitação?!"

"Levitação, sabe?, fenômeno psíquico, anímico, mediúnico, em que uma pessoa ou uma coisa é erguida do solo sem um motivo visível, apenas devido ao esforço mental. A mente movimenta fluidos ectoplasmáticos capazes de vencer a força da gravidade. Eu ensino técnicas de levitação. Sem arames nem outros truques soezes."

"Interessante! Muito interessante!", respondi, tentando ganhar tempo para pensar: " E tem muitos alunos?".

O homem sorriu-me gravemente. Que não. Nos dias de hoje são poucas as pessoas interessadas em levitar. Tristes tempos estes. O triunfo do materialismo tem vindo a corromper tudo. Escasseiam as vocações para as obras do espírito. As vocações e a força mental – sugeri timidamente. Sim, confirmou Emanuel Subtil, sacudindo outra vez a magnífica cabeleira branca, e a força mental. As pessoas preferem manter os pés bem assentes na terra. E levitava, ele?, quis eu saber. Isto é, praticava com frequência essa arte esquecida? Emanuel Subtil sorriu absorto:

"Não há dia em que não pratique. Levitar, meu caro senhor, é o mais completo dos exercícios. Cinco minutos em suspensão, logo pela manhã, ao romper da alva, estimula todos os órgãos vitais e regenera a alma."

Inclusive acontecia-lhe às vezes levitar por descuido. Contou-me que São José de Copertino, que viveu entre 1603 e 1663, sofria ataques de imponderabilidade sempre que algo o emocionava. Chamava a isso, com terror, "as minhas vertigens". Um domingo, durante a missa, elevou-se no vazio e durante largos minutos pairou numa aflição sobre o altar, em meio à chama aguda das velas, e ao alarido das beatas, ficando gravemente queimado. A igreja afastou-o, durante 35 anos, de todos os rituais públicos, em razão destas práticas extravagantes, mas nem isso impediu que a sua fama se propagasse. Uma tarde, passeando o santo homem pelos jardins do mosteiro, em companhia de um monge beneditino, foi subitamente arrastado até aos ramos mais altos de uma oliveira por um golpe de vento. Infelizmente sucedia com ele o mesmo que com os gatos, ou os balões, toda a sua propensão era para subir, não para descer, de forma que os monges tiveram de o resgatar de lá com o auxílio de uma escada. Murmurei qualquer coisa sobre a vocação mística das oliveiras, a tendência que demonstram, há milênios, para acolherem santos e demiurgos. Emanuel Subtil, porém, ignorou a minha observação. O caso de São José de Copertino, explicou, servia-lhe somente para ilustrar os perigos que incorre um leigo, ainda que excepcionalmente talentoso, ao praticar a arte da levitação sem o acompanhamento de um mestre:

"Você ofereceria um Ferrari a uma criança? Certamente que não!"

Concordei logo. É claro, por amor de Deus!, não o punha nem nas minhas mãos.

"Levitar não é para qualquer um", prosseguiu Emanuel Subtil carregando nas palavras: "Levitar exige fé, perseverança e ainda algo mais – responsabilidade. Quer tentar?"

E logo ali expôs as suas condições. Trezentos reais por mês. Quatro vezes por semana. Uma hora cada sessão. Naturalmente, acrescentou, seria impossível observar resultados antes de três a quatro meses.

"E se não obtiver resultados?"

Emanuel Subtil sossegou-me. Em três meses, convenientemente orientado, até um elefante consegue levitar. Mas ainda que eu me revelasse tão mau levitador quanto bailarino (só então percebi que passara a noite a observar-me) ele próprio me daria um empurrão. Citou-me o caso de um famoso médium inglês, Daniel Douglas Home, que nos anos trinta desafiava a tradicional fleuma britânica fazendo flutuar pianos e outros objetos pesados. Conta-se que uma noite levou um boi para o salão de um rico industrial, e o ergueu no ar. Ia o boi ao nível dos lustres, bem alto e iluminado, quando, por distração ou um repentino desfalecimento de fé, lhe falharam as forças (ao médium), romperam-se os fluídos ectoplasmáticos, e o animal precipitou-se, com brutal fragor, sobre duas das acólitas.

"Morreram?"

"O que lhe parece?". Suspirou: "A história da aeronáutica está cheia de tragédias, pequenas e grandes, mas nem por isso deixamos de andar de avião."

Declinei o convite. A festa chegara ao fim. Um velho negro dançava sozinho, de lágrimas nos olhos, alheio à música, vamos chamar-lhe música, uma mistura de alarme de carros, já rouco e exausto, e metais em convulsão. Duas raparigas muito loiras, muito lânguidas, dormiam abraçadas num sofá. Eu não conhecia ninguém. Ninguém me conhecia.

"Talvez você saiba de alguém que dê aulas de invisibilidade. Nisso estou interessado."

Emanuel Subtil olhou-me com desdém. Não respondeu. Já no hall, enquanto escolhia um guarda-chuva discreto, conforme ao meu ofício, entre um denso molhe deles, ainda vi o brasileiro abrir caminho através do fumo espesso e desabar no sofá, junto às duas raparigas loiras. Vi-o fechar os olhos. Cruzar os braços sobre o peito magro. Pareceu-me que sorria. Tenho conhecido gente um pouco estranha nestas festas. Existe de tudo. As ocupações mais bizarras. Eu sei, é claro, que isso depende sempre da perspectiva. Eu, por exemplo, vendo caixões. O meu pai vendia caixões. O meu avô vendia caixões. Cresci nisto. Acho até prosaico. Preferia, reconheço, dar aulas de levitação. Paciência. Consola-me saber que a morte é melhor negócio. Como o meu avô dizia – só uma coisa me aflige: a imortalidade.

O ASSALTO

Juliana parou o carro no sinal vermelho. O que é que estava a pensar naquele momento? Nos dias seguintes só isso a afligia. Ela assegura que tinha acabado de descobrir alguma coisa muito importante. Mas como se achava meio adormecida – depois de doze horas de trabalho na urgência do hospital –, o mais provável é que não tivesse importância nenhuma.

(Uma noite sonhei que um gato, grande como um boi, me segredava um verso. No meu sonho era um verso extraordinário. Tudo o que tinha escrito antes, desde os meus vinte anos, não valia aquele verso. Lutei para acordar. Acreditei que me levantava, várias vezes, para logo descobrir que continuava mergulhado nas águas fundas do sono. Finalmente consegui abrir os olhos, sentei-me na cama, encontrei um lápis na mesinha de cabeceira e rabisquei o verso na capa de um livro – *The Big Sea*, de Langston Hughes. Acordei na manhã seguinte com a boca amarga e o sentimento inquietante de que alguma coisa de assombrosa havia acontecido. Lembrava-me do sonho, do gato pastando num prado imensamente verde, mas não do verso. Felizmente, pensei, tinha-o escrito. Agarrei no livro e li: "o dia estava tão cheio de cebolas".

Regresso àquele instante em que Juliana, agarrando-se ao volante com a força do desespero, para que não a arrastasse a correnteza do sono, parou o carro no sinal vermelho. Pensaria, talvez, em cebolas. Ou não: podemos aceitar que, como ela insiste, havia descoberto algo de transcendente. Não o saberemos nunca. A porta direita abriu-se e um garoto dos seus quinze anos, com o corpo volátil de uma bailarina clássica, entrou no carro. Quando Juliana percebeu havia mais dois rapazes no banco de trás.

A madrugada espreguiçava-se sobre a cidade. As garças dormiam ainda, elegantíssimas, nos ramos das casuarinas. As águas da lagoa brilhavam de torpor. Jesus Cristo flutuava, de costas, iluminado pela luz melancólica dos projetores. Juliana percebeu que não podia contar com ele. O rapaz, ao seu lado, mostrou-lhe um revólver:

"É o seguinte, simpatia, ou você passa a carteira ou mando bala."

Juliana descansou o rosto no volante. Nas últimas doze horas tinha visto muita coisa: meninas arrancadas à feroz inépcia de abortadeiras de favela, uma velhinha estuprada, homens cortados à faca, um jovem com duas balas alojadas na coluna depois de uma briga sem pretexto num botequim. Viveria. Viveria para sempre numa cadeira de rodas.

"E aí, Pretinho?", sussurrou um dos garotos: "Parece que a moça dormiu."

"Qual é, mano!", espantou-se o outro: "Maior falta de respeito. Onde já se viu adormecer durante um assalto?"

Dormir seria bom. Juliana voltou-se na direção do rapaz:

"Quer saber de uma coisa? Eu sou médica, não tenho medo de morrer. Meu medo é ficar aleijada. Vou agarrar essa pistola e colocar em cima do meu coração. Então você pode atirar."

Desabotoou a blusa, agarrou na mão do rapaz, espantada com a sua própria firmeza, e colocou o revólver contra o peito.

"Me mata!"

O menino olhou-a com susto:
"Mato coisa nenhuma, tia, que é isso?"
"Não vai matar?! Então fora do meu carro!..."
"Vamos embora Pretinho", implorou um dos rapazes: "a moça está é muito doida".

Saíram os três. Juliana ficou sozinha. O que é que estava a pensar antes de ser interrompida? Nos dias seguintes só isso a afligia.

SE NADA MAIS DER CERTO LEIA CLARICE

Tenho medo de ligar a televisão, como quem entra no metrô à hora de ponta, e de que por descuido ou por maldade alguém me pise a inteligência: "desculpe, sim?!, foi sem querer". Ligo o aparelho, encolhido no meu canto, fingindo que nem estou ali, mas se por acaso os meus olhos tropeçam nalgum sujeito com aspecto de bárbaro, saio logo. A seguir fecho os olhos e sonho um peixe. Foi um velho pescador pernambucano quem me ensinou isto. Eu estava sentado nas areias de Itamaracá, com um bloco de papel nos joelhos, concluindo uma aguarela. Ele veio por trás e ficou um momento observando:

"Porque faz isso?", perguntou. "O mar não cabe aí!"

Sentou-se ao meu lado. Disse-me que, às vezes, ao acordar, lhe doía, do lado esquerdo do peito, a humanidade. Caminhava então até à praia, estendia-se de costas na areia, e sonhava um peixe.

"Foi Clarice, sabe? Ela me iniciou."

Na altura não compreendi a quem o velho se referia. Começou por sonhar peixes pequenos, muito rudimentares, só um veloz traço de prata, só uma ligeira vírgula refulgindo no ar, mas com o tempo, à medida que desenvolvia a técnica, passou a sonhar garoupas, meros, inclusive espadartes. A ambição dele era sonhar uma baleia. Uma baleia azul.

"Esteja atento à cor das águas", preveniu-me: "por exemplo, de manhã, bem cedinho, se o mar estiver liso e prateado, é bom para sonhar savelhas. O camarupim, que é um peixe nosso, grande, se sonha muito bem depois que chove, e os rios anoitecem o mar. Já os xaréus são melhor sonhados quando o mar azula".

E as sereias? Ele olhou-me atônito:

"Sereias?! Servem para quê, as sereias? Sereias são bichos mal sonhados, como os ornitorrincos ou os generais. Você há de conseguir fazer melhor."

Venho tentando. Nunca soube o nome do pescador. Era um sujeito alto, aprumado como um poste, de olhos acessos e uma pele sadia, bem esticada sobre os ossos. Tinha uma voz tão clara e calorosa que, à noite, enquanto falava, era como se cuspisse pirilampos. Uma voz daquelas devia poder transmitir-se em testamento. A mim fazia-me lembrar a do Fernando Alves. Contava-se na ilha que o velho estivera três semanas perdido no mar. Salvara-se por milagre, porque ao décimo terceiro dia Nossa Senhora Aparecida lhe apareceu no saveiro, trazendo nas mãos um pernil de porco e uma garrafa de litro de Coca-Cola. Ele próprio me desmentiu o milagre, até um pouco irritado:

"Nossa Senhora Aparecida?! Qual Nossa Senhora, rapaz?! Quem me apareceu foi Clarice Lispector!..."

Em todas as estórias de pescadores há sempre exageros, por vezes até mentiras descaradas, ou não seriam estórias de pescadores. Neste ponto, porém, sou peremptório – uso esta palavra pela primeira vez na vida; não vêm que reluz? – ele lia! Era um grande devoto de Clarice Lispector e Alberto Caeiro. Contou-me que Clarice lhe apareceu de madrugada, trazendo nas mãos "Uma Maçã no Escuro", e lhe leu o romance inteiro. A seguir, depois que o achou mais recomposto, ensinou-o a sonhar peixes.

"Sonhar peixes faz bem à alma. Lembre-se que por cada homem mau no mundo há no mar mil peixes bons."

O meu pescador não tinha televisão. Às vezes acontecia demorar-se num bar, ou na praça (havia uma televisão na praça), e o fragor das guerras alheias roubava-lhe o sono. Ele sofria com os erros dos outros. Andava pela ilha com "A Hora das Estrela" debaixo do braço, tentando, sem sucesso, converter os demais. Só eu lhe dava atenção:

"Se nada mais der certo leia Clarice."

Uma tarde vi-o sonhar um golfinho. "Foi o meu primeiro mamífero", disse-me depois, exausto pelo esforço, "para a semana vou tentar uma orca". Nunca mais voltei a Itamaracá, nunca mais o vi, mas calculo que por esta altura ele já tenha conseguido sonhar a sua baleia azul. Já a deve ter lançado ao mar, cento e trinta toneladas de puro sonho, e o canto dela há de estar agora ressoando nas águas. Um dia as baleias virão para salvar os homens.

CATÁLOGO DE SOMBRAS

Para a Kelly Cristina

Ao princípio ri-me com o acontecido, ri-me sem gosto, como se riem os infelizes apanhados em situações ridículas pelas câmaras de televisão. Parecia-me um desses jogos literários tão do agrado de Jorge Luís Borges, um fatigado truque de espelhos, com objetos impossíveis e livros antigos surgindo do nada para inquietar a realidade. Pedro Rosa Mendes descobriu o livro num velho alfarrabista em Alcântara, Maranhão, escondido entre títulos de poesia brasileira dos anos quarenta. Os meus amigos sabem que alimento com carinho, há longos anos, uma pequena biblioteca monstruosa. Incluo nesta todo o gênero de erros, aberrações e atrocidades, mas também milagres e prodígios, desde obras com títulos insensatos ou revoltantes a plágios descarados, volumes com capas invertidas, outros com graves erros de ortografia no próprio título, árduas utopias que nunca ninguém lerá. Guardo, por exemplo, o trabalho de um obscuro escritor angolano, Marcial Faustino, constituído apenas pela dedicatória e três breves poemas. Uma nota, na contracapa, assegura tratar-se de um romance. O grosso da obra, cento e oitenta e sete páginas, é constituído pela dedicatória, certamente a mais longa da literatura universal. O autor começa por dedicar o livro ao "saudoso Presidente Agostinho Neto", umas vinte e cinco páginas, explicando o motivo da sua devoção, e depois à esposa, trinta e tantas páginas, a cada um dos vinte e dois filhos e por aí afora. Interessantíssima, a dedicatória. Presumo que seja – e vejo nisto uma genial ousadia literária! –, um romance disfarçado de dedicatória.

"Conheces isto?!"

Tomei o livro das mãos do meu amigo: *Catálogo de Sombras*, de Alberto Caeiro, Editora Íbis. Uma nota, na última página, indicava que qualquer correspondência para o autor ou editor deveria ser dirigida à Calçada de Eleguá, nº 15, em São Paulo. Folheei-o rapidamente e não reconheci um único verso. O estilo, contudo, atordoou-me – inconfundível. Foi então que me lembrei de Borges.

"Talvez seja simplesmente", arriscou, afagando o queixo, o meu amigo, "um obscuro homônimo brasileiro do mais famoso heterônimo português".

Não podia ser tão simples. Não era a coincidência dos nomes que me perturbava, era a coincidência do gênio. Guardei o livro entre *As Quibíricas*, de Frei Joannes Garabatus, aliás António Quadros, e uma rara edição do *Luuanda*, de Luandino Vieira, mandada imprimir em Lisboa por um agente da PIDE. António Quadros, poeta e pintor português, criou diversos heterônimos, entre os quais o guerrilheiro negro Mutimati Barnabé João, autor de *Nós, o Povo*, panfleto poético que emocionou e agitou os dias febris da independência em Moçambique. *As Quibíricas* principia onde os *Os Lusíadas* conclui, tendo exatamente a mesma estrutura e o mesmo número de versos da obra de Camões. Quanto à edição pirata do *Luuanda*, o que a torna interessante não é apenas a falsidade, mas sobretudo a perversidade. Publicou-a um agente da polícia política portuguesa, em 1965, aproveitando o escândalo resultante da atribuição a Luandino Vieira, então detido na Prisão do Tarrafal sob a acusação de pretender criar uma rede bombista, do Grande Prêmio de Literatura da Associação Portuguesa de Escritores. O livro traz uma nota assegurando que foi impresso em Belo Horizonte, Minas Gerais, dado falso, é claro, mas o único capaz de justificar o seu comércio numa altura em que as editoras portuguesas não podiam publicá-lo.

Nunca consegui esquecer Alberto Caeiro. Volta e meia retirava-o da companhia de Luandino Vieira e Frei Joannes Garabatus e relia-o. Percebi que a ilusão me vencera ao citar um dos falsos versos, acreditando ser um dos legítimos, numa roda de adeptos. Foi naquele exato momento, enquanto os devotos do poeta me atormentavam com questões ansiosas, e eu balbuciava evasivas, tentando evitar o ridículo de admitir haver citado um verso apócrifo, que decidi ir até ao fim. Tinha de descobrir quem escrevera o livro.

Decorreram meses. Em março de 2001 fui a São Paulo visitar a biblioteca de José Mindlin, peregrinação obrigatória para quem quer que se interesse pelo nosso idioma. Saí com o coração aos saltos, depois de ter folheado dois exemplares de *Os Lusíadas*, de 1572, um com a figura do pelicano, no frontispício, voltada para a direita, e o outro com a mesma figura voltada para a esquerda. Mindlin mostrou-me também uma edição original dos sonetos e canções de Petrarca; alguns dos versos, que atacavam a corte de Roma, haviam sido cobertos a nanquim pela censura da época. O tempo, porém, encarregou-se de apagar o nanquim censório devolvendo ao futuro as palavras proibidas. Aquele livro ficaria bem na minha biblioteca. O estado de euforia em que saí deu-me coragem para chamar um táxi e indicar ao motorista um endereço que sabia de cor:

"É para o número 15 da Calçada de Eleguá."

O homem hesitou. Em trinta e quatro anos de praça jamais ouvira falar em tal lugar. Sabia eu a zona? Não, eu não sabia nada, além do nome da rua, e talvez a rua já nem se chamasse mais assim, mas estava disposto a pagar-lhe uma generosa gorjeta se ele conseguisse encontrá-la. Levamos o resto da tarde. Já a noite se atirara, estridente e luminosa, sobre a imensa cidade, quando o táxi me deixou junto a um prédio baço, baixo, numa calçada de pedras tortas. Toquei à campainha mas nenhum som me anunciou. Bati à porta, primeiro levemente, depois com esforço, por fim já sem esperança alguma, e foi só então que ela se descerrou.

O olhar escuro, a mão grossa, de unhas sujas, segurando a porta – não, não era aquilo o que eu esperava. A bem dizer não sei o que esperava. Creio que esperava um milagre, na figura de um fantasma magro, de ombros curvos, chapéu na cabeça, óculos redondos, um ridículo bigode branco; no sujeito à minha frente, porém, tudo era real e bruto.

"O que o senhor deseja?"

Livros, disse-lhe. Livros e papéis antigos. Alguém me contara que em tempos havia funcionado ali uma editora e eu queria saber se não teriam ainda alguns livros esquecidos. Disse-lhe que trabalhava para um sebo e que pagava bem por livros e papéis antigos. O homem sacudiu o torpor dos ombros. Cheirava a álcool:

"Editora? Quem vivia aqui era um doutor. Um doutor inglês. Morreu faz tempo..."

Abriu a porta um pouco mais e só então reparei que estava em tronco nu, de bermudas e sandálias, e que tinha o desenho de um tridente tatuado no peito. Lá dentro tudo era escuro e revolto. Sim, disse com esforço, arrastando a voz, havia livros. Havia papéis. A mãe dele, Dona Inácia, trabalhara trinta e cinco anos para o Doutor, limpando a casa, fazendo a comida, cuidando do velho nos seus últimos dias, e este ao morrer deixara-lhe tudo. Os livros guardara-os ele, há anos, numa arrecadação, no quintal, onde estavam protegidos da chuva.

"Quer ver?"

Queria. Levaria o meu erro até ao fim. Segui o homem através das ruínas. O chão, em madeira corrida, havia cedido nalguns pontos. Também o teto não estava em melhor estado. A umidade deslizava pelas paredes, entre teias de aranha, e uma flora pálida, e com ela vinha um cheiro forte a coisas mortas. O quintal, aquilo a que ele chamava o quintal, não passava de um pequeno pátio entalado entre muros altos. Num dos cantos erguia-se uma construção precária, em madeira, com teto de zinco, que a mim me pareceu um galinheiro. Estava cheia de livros. Escolhi um ao acaso. *Pânico*, poesia, de Anthony Moraes. O modelo da capa, simples, elegante, era idêntico ao de *Catálogo de Sombras*, com a única diferença de que no de Anthony Moraes uma pequena ave pernalta, poisada no canto inferior direito, substituía o nome da editora. Estremeci.

"Está bem", disse. "Quanto quer por tudo?"

Regressei na manhã seguinte acompanhado por uma amiga, Kelly Araújo, professora de História de África, que aceitou guardar os livros no seu apartamento, mesmo sem suspeitar dos meus motivos. O homem vestira-se para nos receber, com um fato claro, ou que já fora claro, e estava mais loquaz. Disse-nos que o inglês, o senhor Carlos Roberto, como o cantor, Roberto Carlos, sim, mas ao contrário, morrera em 1970, de problemas no coração e fora enterrado num cemitério ali perto. Quis saber se ele vivera sozinho durante todo aquele tempo:

"Não casou? Não tinha namoradas?"

O homem olhou para mim, olhou para Kelly, e baixou a voz:

"Não, não, ele não era desse gênero, não, doutor. O doutor Carlos Roberto era pessoa muito séria, muito respeitadora. Minha mãe sempre dizia, o doutor Carlos Roberto não cai em pecado nem em pensamento."

Contei trinta exemplares de *Catálogo de Sombras*, de Alberto Caeiro; vinte e três de *Pânico*, de Anthony Moraes, luso-chinês de Hong Kong, conforme adianta uma breve nota na contracapa; havia ainda um volume de contos, *Tudo sobre Deus*, da autoria de um paulista de ascendência italiana chamado Francisco Boscolo, e um grande número de revistas inglesas e brasileiras.

"E cartas?! Ele não deixou cartas?..."

O homem olhou-me num espanto mudo. Expliquei-lhe que muita gente aparece nos sebos à procura de correspondência antiga. Certas cartas, as confissões de um poeta ao seu editor, por exemplo, podem valer algum dinheiro depois de ambos mortos. Disse-lhe isto enquanto lhe entregava duas notas de cem reais. O rosto do homem abriu-se num golpe de luz. Sim, havia cartas, mas a senhora sua mãe, Dona Inácia, levara-as consigo. Levara também alguns livros. Dona Inácia regressara à aldeia natal, no recôncavo baiano, não queria morrer em São Paulo, longe dos sobrinhos, das primas e dos primos, longe da grande paz da sua infância, e levara alguns dos pertences do inglês, como se fossem relíquias. Vez por outra mandava notícias. Ele não conhecia a terra da mãe. Mostrou-me um envelope que recebera há pouco:

Inácia Assunção
Nossa Senhora do Silêncio
Cachoeira – Bahia

No dia seguinte, era um sábado, já eu estava dentro de um avião com destino a Salvador, e poucas horas mais tarde saltava de um ônibus na cidade de Cachoeira. Caía a tarde. Uma luz dourada projetava-se horizontalmente de encontro às velhas paredes. As pessoas, os cachorros, inclusive os pássaros, moviam-se devagar, como se tivessem sido todos apanhados numa mesma armadilha de mel. Aluguei um quarto num antigo convento, a Pousada do Carmo, vesti o fato de banho e fui nadar na piscina. Não havia mais hóspedes. Nessa noite alguém me levou a uma cerimônia de candomblé. Só me recordo do fragor ansioso dos atabaques, crescendo, crescendo, crescendo sempre, e das mulheres rodopiando num transe feliz. À saída veio ter comigo um homem magro, com um fino bigode impertinente, que me tomou pelo braço, apresentou-se, "sou o Alexandre", e sem que eu lhe perguntasse nada disse estar disposto a levar-me até Nossa Senhora do Silêncio por apenas cinquenta reais.

"Daqui até Silêncio, velho, são trinta quilômetros, mas choveu nos últimos dias e a estrada está má. A ir e a vir conte com tempo. Ponha tempo nisso. Espere por mim na Pousada. Estarei lá às oito."

Eram exatamente sete horas e cinquenta e cinco minutos quando Alexandre entrou no restaurante da pousada (eu bebia um sumo de papaia) e se sentou ao meu lado. Abriu um pão de leite, barrou-o fartamente com manteiga, depois com mel e compota e comeu-o. Serviu-se do leite e do café, juntou duas colheres de açúcar e sorveu devagar a bebida quente. Só então pareceu reparar em mim:

"E aí, José?! Dormiu bem? Joaninha tá lá fora, doida pra dar uma voltinha com você."

Joaninha era uma velha Harley-Davidson. Na anterior encarnação fora certamente um veículo poderoso. Ainda havia nela uma certa nobreza, a mesma arrogância com que os casarões coloniais de Cachoeira troçavam da morte, e isso comoveu-me. Montei naquela espécie de dinossauro mecânico e confiei a alma ao Criador. Alexandre revelou-se um otimista. A estrada estava em mau estado, sim, nos lugares onde havia estrada. Uma boa parte do percurso, porém, tivemos de o fazer a corta mato, por caminhos de areia abertos a custo entre uma vegetação de arame farpado. Nenhum carro teria conseguido passar por ali.

Nossa Senhora do Silêncio faz justiça ao nome. Creio que toda a gente acompanhou a nossa chegada, uma boa meia hora antes, as curvas, as derrapagens, as hesitações, só pelo estrépito do motor. Encontrei Dona Inácia sentada junto à porta de casa, direita e solene como uma rainha, enquanto em redor das suas saias piava e ciscava uma alegre ninhada de pintos. A pele do rosto, lisa e negra, brilhava como um espelho. Trazia o cabelo, de um fulgor impossível, preso em duas longas tranças. Os olhos eram vivos e trocistas. Enfrentou-me sem surpresa:

"Tenho estado à sua espera, moço, há trinta anos que o estou esperando. O doutor disse que você viria. Fique sabendo que não vendo nada, vender não vendo, nem deixo que leve daqui papel nenhum. Mas se quiser olhar, tudo bem, pode olhar."

Entrou em casa e regressou minutos depois com duas caixas de sapatos, cheias de papéis, que pousou na areia. A sombra de uma mangueira adoçava o ar. Havia um banco encostado ao tronco. Sentei-me nele, coloquei uma das caixas nos joelhos e abri-a. Não sei quanto tempo fiquei ali. Alexandre trouxe-me uma Coca-Cola e desapareceu. Provei-a, estava quente. Minutos depois, ou várias horas, veio uma menina com uma sopa. Finalmente, ergui os olhos e dei com os de Dona Inácia. Mostrei-lhe a fotografia de um homem magro, num jardim, segurando entre as mãos um livro aberto.

"Este senhor é que era Charles Robert Anon?"

"Carlos Roberto, sim, o meu patrão..."

"Ele falava bem português?"

"Muito bem, falava muito bem, mas com forte sotaque. Até ao fim falou sempre com forte sotaque inglês – como o senhor..."

Suspirei. Eu tenho um forte sotaque português. Tirei da primeira caixa uma outra fotografia. Um velho alto e forte, de bigode e cavanhaque branco, enorme cachimbo entre as mãos, olhava diretamente, fixamente, para a objetiva. Parecia um hipnotizador de circo posando num cartaz. A imagem devia ter sido recolhida no mesmo jardim, talvez na mesma tarde, que a anterior.

"E este sujeito – quem é?"

"Esse é o doutor Aleister". Dona Inácia falava com firmeza. "Só o vi duas vezes mas uns olhos assim eu não esqueço, não. Quem pode esquecer? Era estrangeiro e não sabia uma palavra em português. Ele e o Doutor Carlos Roberto só conversavam lá na vossa língua. Eu não compreendia nada."

Alexandre reapareceu abraçado a uma moça alta, delgada, com um vestido leve, que a luz parecia dissolver. Tinha flores no vestido e no cabelo. Riu-se para mim, num riso úmido, e Alexandre ralhou com ela, fingindo-se zangado. Depois apontou para oriente e eu vi a escuridão fechar-se sobre as espinheiras. O meu tempo terminara. Dentro de poucas horas não haveria luz. Devolvi as caixas a Dona Inácia e disse-lhe que voltaria em breve. Os olhos dela brilhavam de troça. Quis saber, numa última jogada, se a velha senhora lera as cartas e o que pensava de tudo aquilo. Qual a sua opinião sobre o senhor Charles Robert?
"Não tenho opiniões", respondeu-me: "Existo".
O céu apagou-se antes que alcançássemos a estrada. Alexandre acendeu os faróis. Julgo que conduzia por puro instinto. Eu via, numa vertigem, as lâminas afiadas das espinheiras, o fio de areia branca do caminho, o abismo escuro e as estrelas, e depois tudo isto ao mesmo tempo. Estava ainda tão atordoado com o que lera que em momento algum me assustei.
"Como sabes que o caminho é este?"
"Não sei", gritou. "Vamos saber quando chegarmos."
Quando chegamos dei-lhe os cinquenta reais. Dei-lhe mais cinquenta. Depois convidei-o a jantar. Expliquei-lhe que tencionava voltar brevemente a Cachoeira e pedi-lhe para manter em segredo, tanto quanto possível, a nossa viagem a Nossa Senhora do Silêncio.
No dia seguinte, em São Paulo, contei a Kelly o que descobrira, contei-lhe tudo desde o princípio, como estou fazendo agora, a partir daquela tarde em que Pedro Rosa Mendes sacudiu diante dos meus olhos um pequeno volume chamado *Catálogo de Sombras*, e até ao momento em que pousei nos joelhos uma caixa cheia de papéis velhos. Eu próprio ia descrendo do que

contava. Numa das caixas, disse-lhe, havia várias cartas assinadas por Aleister Crowley, o mago inglês que visitou Fernando Pessoa em Lisboa, no verão de 1930; essa visita terminou, como se sabe, de forma bizarra, com Fernando Pessoa e alguns amigos a encenarem o suicídio de Crowley – este, asseguravam, lançara-se à Boca do Inferno, em Cascais. Numa carta endereçada a Charles Robert Anon, e datada de dezembro de 1936, Aleister Crowley recorda o episódio, tratando-o como uma anedota, troçando da polícia portuguesa e dos agentes da Scotland Yard enviados a Portugal para resolver o mistério. "Foi uma morte ridícula", admite. E escreve, logo a seguir: "Já a sua, de tão prosaica, resultou muito mais convincente; resultou, sobretudo, conveniente". A terminar, antes de se despedir, pede a Anon que lhe envie com urgência "algumas libras". Numa outra carta, duas semanas depois, volta a pedir dinheiro, acrescentando ter gasto mais do que supunha com os documentos ingleses que enviara para Lisboa.

Kelly riu-se, desconfiada, como eu me rira ao ver pela primeira vez um exemplar do *Catálogo de Sombras*. Viu-me tão sério, porém, que se assustou. Em janeiro de 2002 aceitou ir comigo a Salvador. Fomos preparados, com uma boa máquina digital, capaz de fotografar documentos, e um gravador de qualidade. Na Pousada do Carmo, em Cachoeira, ninguém sabia de Alexandre. Como já acontecera antes foi ele quem nos encontrou. Apareceu na pousada, no café da manhã, dois dias após a nossa chegada:

"Você chegou tarde, velho, Dona Inácia já se foi."

"Foi?"

"É! Desencarnou. Ela pediu para lhe entregar isto."

Abriu uma pasta de couro e tirou a fotografia de Charles Robert Anon, num jardim, com um livro aberto entre as mãos. Nas costas da fotografia, a mesma que eu vira antes, em Nossa Senhora do Silêncio, alguém escrevera a lápis numa caligrafia infantil: "Pai Dionísio".

Sacudi a cabeça, perplexo:
"Pai Dionísio?!"
"Eu era menino, mas lembro dele, sim, esteve aqui várias vezes. Nós temos em Cachoeira os terreiros de candomblé mais antigos do Brasil."

Encolhi os ombros. E daí?
"Pai Dionísio, o senhor não sabe?, foi um grande médium. Ele começou por vir aqui, ao Centro Espírito, e depois se interessou pelo candomblé e pela macumba. Virou pai de santo. Depois morreu e virou uma entidade. Conheço até um ponto de macumba..."

Alexandre ergueu a voz de falsete:

"Lá vem Pai Dionísio
Lá vem, lá vem
com suas quatro sombras
abrindo o caminho:
Caeiro, Seu Álvaro, Reisinho e Pessoa.
Lá vem Pai Dionísio, oh gente!,
preparem o vinho,
a benção, padrinho
– oh, gente boa!"

Kelly começou a rir. Dessa vez eu ri-me com ela. Ri-me às gargalhadas, em convulsão, até que as lágrimas me saltaram dos olhos, e continuei a rir, sem conseguir controlar-me, enquanto Alexandre sacudia a cabeça:

"Não sei, não", disse: "Acho que Exu anda por perto".

A CASA SECRETA

(Vila da Barra do Rio Grande, Brasil, março de 1995)

Levantei os olhos para ver o rio, fechei-os, um instante, atordoado pelo liso esplendor das águas, e o livro caiu-me das mãos. Quando os reabri encontrei o velho pousado à minha frente.

"*Os Lusíadas?*" – devolveu-me o volume – "Somos sem dúvida o eco de outras vozes".

Não o saberia desenhar. Esqueci-me entretanto da forma do seu rosto, se usava barba ou bigode, se tinha o nariz afilado, ou, pelo contrário, largo, a boca úmida, ou, antes, severa e seca. Não me recordo. Lembro-me, porém, dos olhos. Se o reencontrasse agora, numa rua agitada de Lisboa, seria capaz de o reconhecer só pelos olhos. Aliás, só o poderia reconhecer pelos olhos, pelo claro e trocista brilho dos olhos.

Contou-me que o avô, o pai do pai, fora amigo de Richard Burton. Não do ator, é claro, referia-se a Richard Francis Burton, o grande viajante inglês, um dos primeiros europeus a visitar a cidade santa de Meca, e o primeiro, sem dúvida, a contemplar o Lago Tanganica. Richard Burton desceu o Rio São Francisco, em 1869, uma bela aventura, descrita com muitos pormenores (talvez até com um excesso de pormenores) em *Viagem de canoa, de Sabará ao Oceano Atlântico*. Foi naquele mesmo cais, numa tarde idêntica, que o seu avô o conhecera. O aventureiro lia Camões. Mais tarde traduziria *Os Lusíadas*, não para o inglês moderno, o que lhe parecia tarefa ingénua, mas sim para o idioma que se falava em Inglaterra no tempo de Luís de Camões.

O velho estendeu-me a mão. Apresentou-se – Domingos da Paixão Neto. Tinha uns olhos profundos, cor de mel, que faiscavam como faróis na tarde morna.

"Sabe o que levou Burton a interessar-se pel'*Os Lusíadas?*"
Eu não sabia.

(Malindi, Quênia, junho de 2002)

Encontrei Joseph Mendo, no Parque dos Répteis, com um pequeno crocodilo bem seguro entre as mãos. "Pegue! Pegue!", insistia, aproximando o animal do rosto de uma mulher muito ruiva, a pele coberta de sardas, que recusava, recuando, aos gritos e risos e rápidas exclamações de horror, enquanto as amigas, um par de gêmeas tão altas quanto ela, mas loiras, de um loiro flamante, repetiam em coro com o queniano:

"Pega! Pega!"

O crocodilo parecia envergonhado com o triste espetáculo a que o sujeitavam. Suponho que o forçavam àquilo todos os dias, ou que o tivessem atordoado, antes, com três boas pauladas. O certo é que se limitava a abanar molemente a cauda, sem energia nem revolta. Deixei que as turistas se afastassem e fui falar com Joseph Mendo. Imaginara-o a cercar-me com perguntas. Sombrio, esquivo, um rio turvo em meio ao nevoeiro. Julguei que procurasse negar com vigor a minha presunção:

"*Banda kwa Mreno?* Não, não, *bwana*, nunca ouvi falar!"

A CASA SECRETA

A *Banda kwa Mreno* (Casa Portuguesa, em Swahili) fora o motivo que me trouxera até ali. Aconteceu o contrário: Joseph Mendo sorriu. Abriu um riso largo, de dentes magníficos, e abraçou-me:

"Está a falar com a pessoa certa."

Usava um bigode estreito, uma fina linha desenhada sobre o lábio, à maneira de Clark Gabel e isso, não sei porquê, tornava-o ainda mais simpático. Nessa noite jantei em casa dele, uma vivenda modesta, com telhado de zinco, sala e quarto, num bairro desmazelado de Malindi. Victória, a mulher de Joseph, era uma senhora gorda e luzidia, que caminhava como se flutuasse, e falava como se suspirasse. Parecia um balão, redonda, e todavia mais leve do que o ar.

Depois que terminamos o jantar, assim que Victória recolheu as chávenas do chá, Joseph Mendo levou-me ao quarto. Abriu um enorme armário e tirou, da gaveta superior, um gibão de cetim, muito gasto, que me colocou nas mãos. A seguir ajoelhou-se e retirou, de sob a cama, um volume comprido embrulhado num lençol. Quando o desembrulhou vi que era uma espada.

"Lê!", ordenou-me apontando a lâmina. À luz desmaiada da única lâmpada do quarto inclinei-me sobre ela, como por sobre as sombras da História, e decifrei, com esforço, por entre a ferrugem demorada e a persistente ruína dos séculos, um nome antigo – Diogo Mendes.

(Vila da Barra do Rio Grande, Brasil, março de 1995)

A luz já quase se dissipara, engolida pelas águas, e o que havia agora era um torpor cálido, um rumor vegetal, borboletas escuras adejando entre as largas sombras. O voo furtivo dos morcegos.

"Em Portugal ainda lêem *Os Lusíadas*?"

Disse-lhe que os jovens portugueses eram forçados a ler *Os Lusíadas* no liceu. Isso explica porque muitos não o leram nunca. Domingos da Paixão Neto suspirou resignado:

"Deviam proibi-lo", disse: "Se o proibissem seria um sucesso."

Contou-me que comprara duas grandes fazendas, ali perto, na margem direita do rio, e que plantava maconha entre pés de mandioca. A melhor maconha do Brasil. Rezava todos os dias a São Judas Tadeu, padroeiro das causas impossíveis, pedindo-lhe força para lutar contra os ecologistas, os hippies e toda a múltipla malandragem insensata que defende a legalização das drogas leves:

"Bom é o interdito. Adão e Eva viviam num paraíso tropical. Certamente tinham boas mangas, abacaxis, papaias, goiabas, maracujás, talvez até pitangas. Porque iriam se interessar por maçãs – esse frutinho insípido? Apenas porque lhes fora proibido."

Pousou em mim o alegre brilho dos olhos:

"Foi na África", disse. "Foi lá no Quênia, na costa oriental da África, que Burton começou-se a interessar pela aventura marítima dos portugueses – e pel'*Os Lusíadas*, está claro. Venha até minha casa. Vou mostrar-lhe uma carta que Burton escreveu ao meu avô."

(Fragmentos de uma carta de Richard Francis Burton a Domingos da Paixão, escrita em Damasco, em fevereiro de 1869)

"Disseram-me que havia portugueses na ilha. Quis conhecê-los. Levaram-me a um homem, negro como os demais, de nome Peter Mendo, que me confidenciou, sem que lhe tremesse a voz, ser descendente de um marinheiro de Vasco da Gama – um lançado. Ri-me com gosto na cara dele."

"Os, assim chamados, portugueses de Melinde, ou Malindi, vivem da pesca e alguns, poucos, do comércio de copra. São de estatura baixa, enxutos de carnes, propensos ao álcool e à fantasia, e, de uma forma geral, desprezados pelos outros povos. Ao contrário da maioria dos habitantes da costa, os quais seguem a doutrina de Maomé, os portugueses de Melinde, afirmam-se cristãos – esdrúxulo cristianismo este, que une a sagrada cruz de Cristo a primitivas e grosseiras evocações animistas".

(Malindi, Quênia, junho de 2002)

Reencontrei Joseph Mendo dois dias mais tarde (era um sábado) na oficina de um dos primos. Levaram-me os dois, de carro, até uma escola primária. Esperavam-nos ali, na sala de aulas, toda a família, ou pelo menos uma boa parte, uns trinta homens e mulheres, eles de calças negras e camisa branca, refulgente, elas em panos escuros, com pesados lenços cobrindo as cabeças.

Tinham encostado as cadeiras ao longo das paredes. No topo da sala, sobre a mesa da professora, brilhava a espada de Diogo Mendes.

Após o ritual dos cumprimentos, com demorados abraços, perguntas, gargalhadas, ofereceram-me uma cadeira. O grupo organizou-se como um coral, as mulheres à direita e os homens à esquerda. Dois dos homens, à frente, carregavam compridos batuques artesanais, feitos de pele de antílope bem esticada. Um outro trazia uma flauta de bisel. Foi este quem deu início à cerimônia, soprando uma melodia aérea, levemente árabe, à qual, ao fim de dois minutos, se juntaram os batuques, primeiro num sussurro, depois cada vez mais rápidos, num galope urgente, e então um dos homens irrompeu a cantar, numa poderosa voz de tenor, arrastando o coral. Levei alguns minutos para compreender, em sobressalto, que cantavam em português, ou melhor, num idioma em ruínas que, séculos antes, havia sido o nosso. Levei bastante mais tempo, quatro a cinco dias, para compreender que aquilo que eles cantavam eram fragmentos de um diário – o testemunho de um marinheiro que Vasco da Gama deixou em Melinde, um lançado, e que por ali ficou fazendo filhos. Ao que parece, muitos filhos.

O diário de Diogo Mendes.

(Fragmentos do diário de Diogo Mendes – um exercício de arqueologia oral)

Sobre as mulheres de Melinde:

"Têm as donas de Melinde escuras frontes, e os crespos cabelos tão bem apartados em trabalhosas tranças e tão lustrosos e vivos, que de os olhar nunca me canso. As tetas soltas no ar, e altas, mui animosas, contas ao pescoço, e um fino cendal cobrindo mal o que a vergonha entre nós ocultar ordena. São elas, Senhor, a minha perdição."

Sobre as festas populares:

"Muito folga o gentio destas terras! Muito cantam e bailam e se de início o ouvido se me revoltava, sujeito ao rude estrondo de tantos tambores e atabaques, agora me cativa o dito som, e também eu já bailando vou, seguindo a turba."

Sobre as habitações do gentio:

"Não têm portas, nem outra segurança, as casas dos negros, e são todavia mui seguras, pois não entram eles nelas a roubar, como entre nós é vício. E tanto afrontam as mais frias cerrações e os mais duros chuveiros, mantendo o fervor, quanto a bruteza deste grande sol que aqui há, permanecendo sempre frescas e deleitosas."

Julgo que os descendentes de Diogo Mendes decidiram transformar em canções o diário do avô português, transmitindo-o depois, nesse formato, de geração em geração, como forma de melhor o preservarem. Pouco a pouco, porém, à medida que se iam esquecendo do sentido das palavras, passaram a atribuir-lhes propriedades mágicas. Joseph Mendo explicou-me que cada canção, cada fragmento do diário, cumpre (cumpria) um diferente propósito. Uma servia para esconjurar espíritos maléficos; com outra atraia-se a fortuna. Com esta evitava-se o paludismo, com aquela combatia-se a tristeza. Assim, por exemplo, a Canção da Lua, na realidade um fragmento do diário no qual Diogo Mendes exalta a beleza das mulheres de Melinde e o seu talento para os brinquedos do amor, era cantada nas noites de lua cheia às adolescentes recém menstruadas, acreditando-se que dessa forma se asseguraria a sua fertilidade.

Hoje tudo isto caiu em desuso. Fui, receio, a última pessoa a ouvir a voz longínqua de Diogo Mendes. Ou talvez não – quiçá a música seja, realmente, folha mais firme do que o ferro de uma espada.

DISCURSO SOBRE O FULGOR DA LÍNGUA

O Velho Firmino rondava-nos vagamente por ali, sempre absorto, extraviado, soprando no ar ensopado misteriosas ladainhas. Eu via-o descer as escadas tropeçando em aliterações:

*"E fria, fluente, frouxa claridade
Flutua como as brumas de um letargo."*

Uma espécie de escuridão escapava-se dele, como de um abismo, enquanto declamava Cruz e Sousa:

*"Vozes veladas, veludosas vozes,
volúpias dos violões, vozes veladas
vagam nos velhos vórtices velozes
dos ventos, vivas, vãs, vulcanizadas."*

A Fernando Pessoa, esse, amava-o ainda com maior fervor. A ele e a toda a sua legião de heterônimos. Rezava-os:

*"Mas em torno à tarde se entorna
A atordoar o ar que arde
Que a eterna tarde já não torna!
E em tom de atoarda todo o alarde
Do adornado ardor transtorna
No ar de torpor da tarda tarde."*

Eu deixava-me afundar no ar de torpor da tarda tarde. Estendia-me numa das redes e logo caía num sonho rápido, em algum lugar ainda mais a sul, entre torrentes de água fria, sob um céu nu e metálico, nalguma praia de veludo refrescada pela brisa salgada do mar. Despertava minutos mais tarde, encharcado em suor, louco de sede, sufocado por aquele ar de ácaros, saía pela porta aos tropeções, cruzava a rua, e desfalecia de bruços no balcão do bar em frente, implorando pelo amor de Deus uma cerveja estupidamente gelada.

Chegara ali um náufrago, de mochila às costas, e logo me fascinara o improvável alfarrabista, ou sebo, nome mais comum no Brasil, ocupando por inteiro os dois andares de um fatigado casarão colonial. Se eu fosse alfarrabista teria imenso trabalho para organizar a minha loja de forma a que parecesse naturalmente desorganizada. Um alfarrabista organizado, metódico, sugere-me algo vagamente monstruoso, capaz de ofender a ordem natural das coisas, um pouco como um lagarto com duas cabeças, um advogado ingênuo, um general pacifista. A maioria das pessoas que frequentam alfarrabistas gostam de pensar que caminham entre o caos, e que em meio àquele grave e silencioso tumulto podem, de repente, tropeçar na primeira edição d'*Os Lusíadas*, ao preço de um romance de Paulo Coelho. Houve um tempo, romântico, em que essas coisas podiam realmente acontecer, um tempo em que os alfarrabistas ainda respeitavam a desordem. Os novos profissionais desta área são, desgraçadamente, muito bem informados e ainda mais bem organizados. No sebo do Velho Firmino Carrapato, porém, a desordem era legítima e muito antiga. Três gerações de Carrapatos haviam contribuído com o seu demorado labor para aquele esplêndido caos. Os livros multiplicavam-se, empilhados pelo chão, ou desalinhados por metros e metros de incertas estantes em alumínio, sem outra lógica que não fosse a da sua chegada ali. O Velho Firmino dispusera cinco ou seis redes amarradas às colunas, junto às largas portadas abertas para a rua, de forma que era possível folhear os livros com alguma comodidade, rezando para que a brisa da tarde fosse capaz de abrandar o calor, sim, mas não forte o suficiente para transformar em irremediável pó, pura poeira erudita, os papéis antigos.

Firmino gostava de mim. Estranhara ao princípio o meu sotaque – de onde vinha eu? Angola?! –, olhara-me perplexo: "Na África?! E lá falam português?..."

Disse-lhe que sim, que falávamos português, tal como muita gente em Moçambique, Cabo Verde, Guiné-Bissau, São Tomé e Príncipe, Timor, e, é claro, em Portugal. Não, isso não, contestou o velho, em Portugal não. Os portugueses já mal falam português. Na verdade, acrescentou, nem sequer se pode dizer que falem, isso carece de demonstração. Ele vira, meses atrás, um filme português e não compreendera uma única palavra. Os atores emitiam uns vagos murmúrios, mantendo a boca fechada, como se fossem ventríloquos, com a diferença de que os bons ventríloquos falam pelo próprio umbigo, ou o alheio, falam pelos cotovelos, falam inclusive pela boca fechada de um português, e sempre com relativa clareza. Argumentei, já um pouco irritado, que isso tinha a ver com a deficiente qualidade técnica do som dos filmes portugueses, bem como, é certo, com a má dicção de alguns dos atores, e depois dei o braço a torcer, e concordei que sim, que os filmes portugueses deviam ser exibidos com legendas, não apenas no Brasil mas também em Portugal. Estávamos nisto quando, sereno como um milagre, entrou na loja um português. Era um homem franzino, e no entanto sólido e elegante, com o crânio rapado, uma barbicha rala, bem desenhada, uns óculos de aros redondos, em prata, que deviam ser herança de algum remoto antepassado.

"Boa tarde! Posso entrar?"

Também ele falava sem abrir a boca, mas parecia simpático, de forma que o chamei, apresentei-lhe o alfarrabista, e em breves palavras dei-lhe conta da nossa querela. Um pequeno clarão iluminou os óculos do português e ele sorriu. A questão recordava-lhe uma tese que Agostinho da Silva defendera. Talvez a tese de Agostinho nos parecesse um tanto bizarra e sem suporte científico – mas era poética. Disse isto e ficou muito sério:

"A poesia acerta mais do que a ciência. Na natureza, por exemplo, a beleza é utilitária, isto é, não existe no universo fulgor sem serventia. Se os cientistas fossem à procura da beleza ao invés da funcionalidade chegariam mais depressa à funcionalidade."

Segundo Agostinho da Silva as línguas afeiçoam-se às geografias que colonizam. Num horizonte amplo, desafogado, o sotaque é mais aberto, e numa paisagem fechada ele tende a fechar-se. Assim, no Brasil, em Angola ou em Moçambique as pessoas falam a nossa língua abrindo mais as vogais, e nos Açores, na Madeira, em Portugal continental, mas também em Cabo Verde, fecham-nas.

Foi assim, através da poesia, que o português conquistou o árduo coração de Firmino Carrapato. Naquela tarde fossou tranquilamente pelos salões, sem pressa, não hesitando em desfazer e refazer as pilhas poeirentas. Quando a luz já começava a declinar chamou o velho. Firmino foi estudando com

DISCURSO SOBRE O FULGOR DA LÍNGUA

vagar os livros que o português escolhera. Lia alto o título, via o estado da lombada, sopesava-os. Um deles, um grosso volume ricamente encadernado, pareceu intrigá-lo:

"*Discurso sobre o Fulgor da Língua*? Foi um doutor daqui, do Maranhão, que escreveu isso, mas nunca ninguém o leu. Tem certeza que quer levar?"

O português assentiu com a cabeça. O velho murmurou qualquer coisa (pareceu-me reconhecer um verso de Pessoa) e depois encolheu os ombros:

"Tá bom. Esse eu ofereço..."

Uma semana depois dei com o português sentado num bar de rastafáris. Estava feliz como um rio. Antes que eu lhe perguntasse alguma coisa mostrou-me um papel:

"Quem achar este bilhete queira por favor dirigir-se ao meu advogado, em São Luís do Maranhão, com o exemplar do livro onde o encontrou." Vinha depois o nome e o endereço do advogado.

O português sorriu:

"Você não vai acreditar: herdei um casarão em Alcântara!"

O bilhete fora escrito pelo autor do grosso volume que o Velho Firmino lhe oferecera. O infeliz falecera anos atrás, desiludido com a desatenção do mundo, mas não sem antes ter redigido um testamento em que doava o palacete da família a quem quer que provasse ter comprado e lido o seu único livro. O português exultou:

"E sabe uma coisa? O livro é bom!"

OUTROS LUGARES
DE ERRÂNCIA

NÃO HÁ MAIS LUGAR DE ORIGEM

A cama era um móvel insensato, com pernas altíssimas, de tal forma que o colchão ficava suspenso a uns dois metros de altura. Estendi-me nela e fiquei à espera que o sono me levasse dali. No quarto ao lado ouvi Raquel gritar qualquer coisa em inglês e depois em alemão. Tinha-me prevenido:

"Sou sonâmbula. Falo alto de noite, posso até gritar, e às vezes choro."

Mais tarde ouvi-a respirar como se estivesse muito perto de mim, como se estivesse no meu quarto, rondando furtiva debaixo da cama. Não podia ser. Ela tinha deixado a porta da sala aberta e eu via-a, estendida no sofá, a magnífica cabeleira de finas tranças rubras brilhando na penumbra. Rosana e Zélia, um duo de brasileiras radicadas em Frankfurt, cantavam baixinho: *"Não há mais lugar de origem / a origem é existir / não me diga de onde eu sou / eu sou, não sou, eu estou aqui"*. É um bom disco, aquele, mas no Brasil quase ninguém conhece as duas cantoras.

Lembrei-me sem motivo aparente de uma outra noite, em Kuala Lumpur, num hotel onde decidi entrar apenas porque se chamava Terminus, e esse nome me trazia recordações de infância. Já era demasiado tarde, já tinha pago o quarto, quando reparei nas meninas sentadas em silêncio, no corredor, à luz crepuscular de pequenas velas aromáticas.

"São bailarinas", sussurrou o recepcionista. Eu devo ter feito um ar um tanto cético, porque ele insistiu: "efetivamente são bailarinas, senhor."

Talvez fossem, mas não estavam ali para dançar. Toda a noite as ouvi suspirar, gemer, gritar, no quarto ao lado, no outro, e no andar de cima, enquanto o ventilador varria o ar com os seus braços curvos, varria o calor, a umidade, os confusos sonhos dos viajantes apanhados na armadilha.

Os cabelos de Raquel possuíam uma luz autônoma. Podia vê-la, podia imaginar o seu corpo esguio, coberto apenas por um edredom de penas, mas continuava a ouvi-la respirar, muito perto de mim, quase ao meu ouvido, no silêncio puríssimo das duas da madrugada. Adormeci e sonhei que viajava num comboio com destino a Frankfurt. Atravessávamos uma extensa paisagem de arvoredo úmido. Ao meu lado um homem mudava de raça, como um camaleão, consoante na carruagem estivessem sobretudo brancos, negros, chineses, ou indianos. O comboio parou num apeadeiro e saíram todos. Percorreu a seguir uma longa planície de ciprestes escuros e depois entrou num túnel. Passaram-se os minutos, as horas, e nunca mais ascendia à superfície. Preocupado fui à procura de alguém e descobri que estava sozinho. Passaram-se os dias. O comboio continuava a atravessar o túnel. Decidi então urinar nas cadeiras para ver se aparecia alguém. Tinha a certeza que, estando na Alemanha, se urinasse nas cadeiras iria aparecer alguém. Apareceu o homem que mudava de raça. Era preto como eu (naquele sonho eu era preto), mas parecia-se muito com Fernando Pessoa.

"Os brancos", disse-me, "vão ficar chateados."

Desabotoou as calças e urinou também.

Quando acordei, a noite, lá fora, era ainda mais compacta. Naquela casa tudo parecia tocado pela solidão. Raquel tinha-me mostrado alguns discos de música angolana, velhos discos em vinil, do princípio dos anos setenta.

"Às vezes coloco um disco desses e danço um merengue."

Eu não disse nada. Há vinte anos que ninguém em Angola dança merengue. Imaginei-a, aos domingos de manhã, chorando na mesa da cozinha.

"Quando era criança", contou-me ela, "os meninos, na escola, chamavam-me fronteiras perdidas, porque em certos dias eu parecia mulata, e noutros acordava com cara de branca. Acho que essa alcunha marcou o meu destino".

Disse-lhe que certos povos, em África, acreditam que o nome guarda a essência do indivíduo, o seu futuro e o seu passado. Por isso têm um nome público e outro secreto, o verdadeiro, utilizado apenas em cerimônias restritas. Fui inventando a história à medida que a contava. Disse-lhe que, nessas nações africanas, o pior que pode acontecer a alguém é que o seu nome verdadeiro se torne do conhecimento geral. Isso é pior do que morrer. Talvez ela se chamasse realmente Fronteiras Perdidas, e não Raquel (afinal o que é que significa Raquel?), mas seria melhor manter isso em segredo. Raquel riu-se e ofereceu-me um sorvete de pétalas de rosa. Tinha um sabor escuro — a terra molhada —, que se entranhava na alma.

Agora dormia. O cabelo dela iluminava a casa.

O CORPO NO CABIDE

"Por vezes, ao acordar, sinto que a minha alma não cabe no corpo."

Ela disse isto e depois calou-se, como se fosse ficar assim para sempre, como se tivesse esgotado tudo o que lhe restava para dizer até ao fim da vida. A frase, lançada com frieza no silêncio úmido do quarto, produziu uma pequena escuridão no espírito do homem.

"O que significa isso?"

A mulher olhou-o com uma espécie de estranhamento. Ele tentou soltar-se daquele olhar. Cobriu o tronco com o lençol. "Fiz alguma coisa que não devia?"

Momentos antes havia-a abraçado pelas costas, progredindo com cuidado, com vagar, como quem atravessa às escuras uma cidade estranha. Incomodara-o que ela não gemesse alto. Queria ouvi-la gemer, gritar. Ela continuou:

"Sinto que o corpo me aperta a alma, sei lá, que está curto, entendes?, como se tivesse adormecido com quinze anos e acordasse aos vinte e cinco ainda com a mesma roupa. Sinto uma grande vontade de despir este corpo e ficar com a alma exposta, inteiramente nua."

Trazia as unhas pintadas de negro. Ele reparou nisso vagamente inquieto. Lembrou-se de quando era criança e acordava no beliche superior do seu quarto, num comboio parado algures no interior de África, e ouvia lá fora, na escuridão à solta, os pequenos ruídos do mato. Naquelas unhas pintadas de negro havia alguma coisa de ameaça – como nos ruídos do mato. O corpo da mulher era longo e liso, semelhante ao de um peixe, e de alguma forma igualmente impossível de aprisionar. Uma luz escura fluía dela como de um rio ao entardecer. O homem saltou da cama. O que podia dizer?

"Não compreendo as mulheres."

Podia ter dito isto, alguma coisa deste gênero, mas seria demasiado óbvio. Sentou-se em silêncio, no canto mais afastado do quarto, e acendeu um cigarro. Ela sorriu:

"É assim tão difícil de entender?"

Podia ter dito, "os homens nunca entendem nada", mas seria inútil. As mulheres, na verdade, não precisam que os homens as compreendam. Basta que as ouçam. Ele sabia disso e assim continuou calado. Ela via-o, ali, no canto do quarto, meio encoberto pelo fumo do cigarro.

"Às vezes gostaria de poder despir este corpo. Despia-o e pendurava-o num cabide, no armário, ao lado dos vestidos que nunca mais voltarei a usar. Cuidaria dele nos domingos de chuva, de manhã, quando me afligissem as saudades destes dias. Ou talvez, simplesmente, o esquecesse. Farias amor com a minha alma nua?"

Aborrecia-o que ela não tivesse gritado. A mulher possuía um corpo intenso e vibrante (sim, havia vibrado nos seus braços), mas ao mesmo tempo parecia tão distante dele quanto um navio pousado na linha do horizonte. Não um navio qualquer: ele via-a como um transatlântico, uma vasta cidade de espelhos e cristais, com as suas festas junto à piscina, os jantares no grande salão, os bailes de máscaras, os inúmeros assombros nos quais nunca conseguiria penetrar. Pensar nisto deu-lhe vontade de chorar. Esfregou os olhos. Murmurou:

"Vou deixar de fumar."

Não viajaria jamais num transatlântico. Sentia-se em relação a ela como o pequeno peixe-pescador, um peixe dos abismos oceânicos, cujo macho se une à fêmea com tal paixão que chega a prescindir do próprio corpo. Também ele dependia inteiramente dela. Ela, no entanto, só o achava interessante enquanto o tinha na cama. Pensou tudo isto no breve espaço que levou a acender outro cigarro. Deixaria de fumar no primeiro dia do ano. Não voltaria a fumar.

"Responde. Farias amor com a minha alma nua?"

Nos últimos meses aguardara num secreto terror por aquela pergunta. Ou melhor, se quisermos ser precisos, por uma pergunta naquele tom de voz, não exatamente com tais e tais palavras. O tom de voz é quase sempre mais importante do que a mensagem. O homem chamava-lhe – refiro-me à pergunta – o enigma final. A Esfinge afiava os dentes, "decifra-me ou devora-me", e o que podia ele responder-lhe?

"O teu corpo agrada-me muito."

Seria certamente a resposta errada. Qualquer resposta seria a resposta errada. Ele envelhecera. Estava quase sábio. Compreendeu que faria melhor se continuasse calado. Preferia fingir-se de morto, como alguns pequenos animais quando o predador os alcança. Há sempre a possibilidade de que o predador apenas se pretenda divertir com a perseguição. Talvez ela não quisesse realmente a sua carne.

"Estou a assustar-te? Quero que te assustes, sim, gosto de te ver assustado. Agora responde: entre o meu corpo e a minha alma, qual escolherias?"

Ele esmagou o cigarro no cinzeiro.

"Porque pintaste as unhas de negro?"

As lagartixas largam a cauda quando se sentem cercadas e a fuga não parece possível. Pode ser que o predador se interesse pela cauda, a qual, durante alguns segundos, se sacode e salta como uma coisa viva e autônoma, e então consigam esgueirar-se. Ele largou a pergunta como uma lagartixa largaria a cauda. A mulher, porém, não se deixou iludir:

"Responde!"

O homem compreendeu que estava perdido. Nos últimos meses tentara preparar-se para aquele instante. Agora, porém, agora que tudo ia realmente acontecer, sabia que não estava preparado. Nunca estaria. Respirou fundo. Precisava de um cigarro. O seu último cigarro. Não esperaria pelo primeiro dia do ano. Fez um esforço para pensar no mar. Num mar calmo, azul turquesa, sob um grande sol de verão. A imagem do mar costumava pacificá-lo. O que diria o peixe-pescador à respectiva fêmea se esta decidisse livrar-se dele? Podia dizer-lhe que a amava, que já não conseguiria viver sozinho; de fato, coitado, não conseguiria. A boca do peixe-pescador funde-se à pele que recobre a fêmea; os sistemas vasculares do macho e da fêmea unem-se e o minúsculo macho passa a depender inteiramente do sangue da fêmea para a sua sobrevivência. Transforma-se, digamos assim, num pênis portátil.

O homem sorriu com tristeza; logo a seguir, porém, pensou que um sorriso triste era uma contradição nos termos e esforçou-se por sorrir com ironia. O novo sorriso ficava-lhe mal, como alguém que sobre uma camisa escura, de corte clássico, colocasse uma gravata de fantasia com desenhos do Rato Mickey apunhalando a Minie (algo assim).

"Foi um equívoco, sabias?"

Ele, o pénis portátil, fora com ela para a cama pela primeira vez, há oito meses, graças a um equívoco feliz (poderia dizer, agora, que fora um equívoco feliz?). Não que não a desejasse; desejava-a, sim; mais do que isso, amava-a com uma paixão sem esperança. Uma noite encontrou-a num congresso e levou-a a jantar. Enquanto consultava o menu, exausto, distraído, a pergunta saltou-lhe dos lábios:

"E depois disto, o que queres fazer? Vamos para a cama?"

Pretendia dizer, é claro, vamos dormir, cada qual na sua cama. Ela não lhe deu, contudo, tempo para se explicar. Olhou-o de frente, com os mesmos olhos cruéis com que o olhava agora:

"Vamos."

Ele enfiou a cabeça no menu para esconder a perturbação. O empregado afastou-se muito direito, muito depressa, e explodiu às gargalhadas na cozinha (é assim, pelo menos, que imagina a cena). Foram para o quarto dela. Havia uma desordem de roupas sobre a cama. A mulher deixou que o vestido lhe deslizasse até aos pés e ficou nua diante dele, bela como um abismo, a pele negra reluzindo na penumbra.

"Trazias o teu vestido verde, lembras-te?"

Ela não se queria lembrar. Vivia o presente e esquecia o passado. Fazia alarde disso. Atirou o lençol para longe e de novo o esplendor daquele corpo jovem o aterrorizou. A fêmea do louva-a-deus assassina o macho por luxúria. Um louva-a-deus macho ao ser decapitado executa melhor e com mais vagar os movimentos espasmódicos próprios da cópula. A fêmea corta a cabeça ao macho e devora-lhe as entranhas enquanto este se agita ansiosamente para atingir o orgasmo. Em algumas espécies, com a excitação, a fêmea muda de cor e brilha.

    A mulher levantou-se e avançou lentamente em direção a ele. Uma escuridade acesa. Bela como um abismo. Bela como um louva-a-deus fêmea antes da cópula.

LIVRE-ARBÍTRIO

Um anjo caiu do futuro e estatelou-se em pleno Chiado. Levantou-se, sacudiu a poeira das asas, ensaiou dois ou três passos, ainda um tanto aturdido, e finalmente interrogou Fernando Pessoa:

"Pode dizer-me em que tempo estou?"

Era inverno mas a noite, límpida e seca, poderia ser de verão – exceto pelo frio. Nas ruas não se via viva alma. O poeta ergueu-se devagar do seu silêncio de bronze e espreguiçou-se. Estudou, sem surpresa, o viajante. Suspirou, enfim, morto de tédio:

"Em toda a parte o tempo é semelhante. De onde você vem, por exemplo, não há com certeza mais nem melhor futuro do que aqui. Eventualmente, haverá apenas um pouco mais de passado."

O anjo era um tipo pálido e esguio. A sua silhueta recortava-se na noite como um simples traço de giz num quadro negro. Estava inteiramente nu e todavia isso não parecia incomodá-lo. Dir-se-ia imune ao frio. Fernando Pessoa esforçou-se durante um breve instante por aparentar alguma simpatia (há que ser simpático com os estrangeiros).

"Lá, de onde você vem, não se usam roupas?"

"Usam, mas ninguém viaja vestido através do tempo."

Pessoa desinteressou-se do viajante e voltou a sentar-se. O outro postou-se muito sério diante dele; os olhos, de um azul etéreo, quase transparentes, fixaram-se nos olhos absortos do poeta.

Falava pausadamente, num esforço por dar às palavras a sua inteira substância, sílaba a sílaba, como quem só há pouco aprendeu o idioma. O sotaque era macio e quente, um pouco cantado:
"O que eu quero é saber se este é o tempo das guerras."
Fernando Pessoa encolheu os ombros magros:
"É o tempo dos homens, o que vai dar ao mesmo." Indicou a cadeira ao seu lado esquerdo: "Não se quer sentar? Podemos fazer de conta que estamos os dois a beber um café..."
O anjo sentou-se de cócoras na cadeira, como um adolescente, o queixo apoiado nos joelhos e os braços prendendo as pernas. A cabeleira comprida, muito loira, quase lhe ocultava as asas.
"Vim em busca do ódio."
"Veio ao tempo certo. Lembro-me do ódio desde muito novo. Lembro-me do quanto eu lhe era alheio... Posso saber porque lhe interessa esse tema?"
"Curiosidade. Pense em mim como um investigador."
"Compreendo", murmurou Pessoa: "como um antropólogo entre os canibais".
"Não", corrigiu o anjo: "como um zoólogo entre os chacais".
Fernando Pessoa concordou. Visitavam-no ali, n'*A Brasileira*, toda a espécie de excêntricos. Um viajante do futuro, nu e com asas, em busca do mal, era do mal o menos. Sentia pesar-lhe sobre as pálpebras um grande sono metálico. Queria fechar os olhos e dormir. O anjo, porém, não o largava:
"Veja bem, o livre-arbítrio..."
"O que tem o livre-arbítrio?"
"O livre-arbítrio permite que o senhor adormeça nessa cadeira, agora, ou que se levante e vá pela cidade em busca da beleza da vida. O livre-arbítrio permite que os homens escolham entre o ódio e o amor..."

Fernando Pessoa começava a sentir um nervoso miudinho a subir-lhe pelas pernas. Seria o sono; seria aquele tipo com asas e a sua vã filosofia, ou tudo isso junto numa noite de inverno. Cortou irritado:

"Pois o que eu quero é dormir!..."

O anjo assustou-se com a veemência do poeta.

"Certo. Consigo compreender a sua escolha. Mas entre o amor e o ódio o que leva um homem a escolher o ódio?"

Fernando Pessoa não respondeu. Vieram-lhe à memória, sem motivo algum, imagens perdidas da sua infância em África. Ele nunca falava daquele tempo. Os dias eram cheios de vento. Os ossos estalavam, ao sol, sob a pele, como coisas antigas. Algures, na imensidão das tardes, ladravam cães. Voltou a ouvir o eco disperso dos gritos. Um menino, numa bicicleta, fugindo da turba (teria roubado a bicicleta?). Certa ocasião, numa estrada abandonada, vira uma coisa incrível: uma roseira explodindo em pleno asfalto.

"Não sei", disse. "Talvez o vazio. Talvez as pessoas se tenham esquecido de que existe livre-arbítrio."

O tempo mudou com a madrugada. Choveu. Uma água mole, exausta, que a luz do sol atravessava com esforço. Os primeiros transeuntes que passaram, apressados, diante d'*A Brasileira*, estranharam um pouco: não havia ninguém sentado à mesa do poeta.

BORGES NO INFERNO

Jorge Luís Borges soube que tinha morrido quando, tendo fechado os olhos para melhor escutar o longínquo rumor da noite crescendo sobre Genebra, começou a ver. Distinguiu primeiro uma luz vermelha, muito intensa, e compreendeu que era o fulgor do sol filtrado pelas suas pálpebras. Abriu os olhos, inclinou o rosto, e viu uma fileira de densas sombras verdes. Estava estendido de costas numa plantação de bananeiras. Aquilo deixou-o de mau humor. Bananeiras?! Ele sempre imaginara o paraíso como uma enorme biblioteca: uma sucessão interminável de corredores, escadas e outros corredores, ainda mais escadas e novos corredores, e todos eles com livros empilhados até ao teto.

Levantou-se. Endireitou-se com dificuldade, sentindo-se desconfortável dentro do próprio corpo subitamente rejuvenescido (quando morremos reencarnamos jovens e Borges já não se recordava de como isso era). Caminhou devagar entre as bananeiras. Parecia-lhe pouco provável encontrar ali alguém conhecido, ou seja, alguém de quem tivesse lido algo. Ou alguém sobre quem tivesse lido algo. Nesse caso seria alguém um pouco menos conhecido, ou um pouco menos alguém, ou ambas as coisas.

A plantação prolongava-se por toda a eternidade. Uma dúvida começou a atormentá-lo: talvez estivesse, afinal, não no paraíso, mas no inferno. Para onde quer que olhasse só avistava as largas folhas verdes, os pesados cachos amarelos, e sobre essa idêntica paisagem um céu imensamente azul. Borges lamentava a ausência de livros. Se ali ao menos existissem tigres – tigres metafóricos, claro, com um alfabeto secreto gravado nas manchas do dorso –, se houvesse algures um labirinto, ou uma esquina cor-de-rosa (bastava-lhe a esquina), mas não: só avistava bananeiras, bananeiras, ainda bananeiras. Bananeiras a perder de vista.

Percorreu sem cansaço, mas com crescente fastio, a infinita plantação. Era como se andasse em círculos. Era como se não andasse. Fazia-lhe falta a cegueira. Cego, o que não via tinha mais cores do que aquilo – além do mistério, claro. Como é que um homem morre na Suíça e ressuscita para a vida eterna entre bananeiras?

Borges não gostava da América Latina. A Argentina, como se sabe, é um país europeu (ou quase) que por desgraça faz fronteira com o Brasil, Chile, Uruguai e Paraguai. Para Borges aquele quase foi sempre um espinho cravado no fundo da alma. Isso e a vizinhança. Os índios ainda ele tolerava. Tinham fornecido bons motivos para a literatura e além disso estavam mortos. O pior eram os negros e os mestiços, gente capaz de transformar o grande drama da vida – da vida, meu Deus! – numa festa ruidosa. Borges sentia-se europeu. Gostava de ler os clássicos gregos (gostaria de os ter lido em grego). Gostava do silêncio poderoso das velhas catedrais.

Foi então que a viu. À sua frente uma mulher flutuava, pálida e nua, sobre as bananeiras. A mulher dormia, com o rosto voltado para o sol e as mãos pousadas sobre os seios, e era belíssima, mas isso para Borges não tinha grande importância (a especialidade dele foram sempre os tigres). Horrorizado compreendeu o equívoco. Deus confundira-o com outro escritor latino-americano. Aquele paraíso fora construído, só podia ter sido construído, a pensar em Gabriel García Márquez.

Jorge Luís Borges sentou-se sobre a terra úmida. Levantou o braço, colheu uma banana, descascou-a e comeu-a. Pensou em Gabriel García Márquez e voltou a experimentar o intolerável tormento da inveja. Um dia o escritor colombiano fechará os olhos, para melhor escutar o rumor longínquo da noite, e quando os reabrir estará deitado de costas sobre o lajedo frio de uma biblioteca. Caminhará pelos corredores, subirá escadas, atravessará outros corredores, ainda mais escadas e novos corredores, e em todos eles encontrará livros, milhares, milhões de livros. Um labirinto infinito, forrado de estantes até ao teto, e nessas estantes todos os livros escritos e por escrever, todas as combinações possíveis de palavras em todas as línguas dos homens.

Jorge Luís Borges descascou outra banana e nesse momento um sorriso – ou algo como um sorriso – iluminou-lhe o rosto. Começava a adivinhar naquele equívoco cruel um inesperado sentido: sendo certo que o paraíso do outro era agora o inferno dele, então o paraíso dele haveria de ser, certamente, o inferno do outro.

Borges terminou de descascar a banana e comeu-a. Era boa. Era um bom inferno, aquele.

PORQUE É TÃO IMPORTANTE VER AS ESTRELAS

Para Manuel da Silva Lemos (Malé)

Esta é a história verdadeira do meu amigo Fortunato, que numa madrugada de pouca sorte acordou nu no corredor de um grande hotel londrino. Fortunato, alto funcionário da administração do Estado, em Luanda, tinha ido a Londres participar num encontro internacional de burocratas. Técnico competente, homem de cultura e de bom gosto, incorruptível por natureza e educação, o meu amigo sofre amargamente com a situação do país e a imagem de Angola no exterior. Ele acredita, um pouco ingenuamente, que cabe a todos os técnicos honestos a missão de melhorar essa imagem.

Nos países da Europa ocidental é fácil a qualquer funcionário manter intacta a integridade moral. O difícil, na verdade, é ser corrupto. Exige, no mínimo, alguma coragem e imaginação. Num país essencialmente corrupto acontece o inverso: um funcionário incorruptível é olhado com suspeita e revolta por toda a gente: com suspeita porque ninguém acredita na sua incorruptibilidade ("alguma coisa aquele tipo deve estar a esconder"); com revolta porque perturba a lucrativa atividade dos outros. Deste modo, ao burocrata incorruptível de um país corrupto não basta a firmeza das convicções morais – ele tem de ter o dobro da coragem de um funcionário venal europeu. E ao contrário deste não ganha nada com isso.

Faço estas observações para melhor esclarecer a personalidade do meu amigo. Fortunato partiu para Londres decidido a mostrar ao mundo a competência, o rigor e a honestidade dos quadros angolanos. Logo na primeira noite recusou o convite de um grupo de colegas portugueses, que insistiam em o levar a um espectáculo de travestis, ("com gajos tão femininos que ao pé deles as mulheres parecem imitações") e ficou no quarto a estudar os dossiers. Deitou-se cedo, inteiramente nu, e adormeceu. A meio da noite levantou-se para urinar. Desde criança que Fortunato se levanta de noite, e vai confusamente, sem interromper o sono, fazer o seu xixi. Naquela noite ele fez xixi sem problemas, mas ao regressar confundiu a porta do quarto com a da casa de banho, saiu para o corredor, sempre sonambulando, tropeçou num largo sofá, meio afundado na penumbra, e estendeu-se nele. Acordou de madrugada, trêmulo de frio, sem saber onde estava. Quando finalmente compreendeu o que lhe tinha acontecido levantou-se num salto, lançou-se em direção à porta do quarto... E encontrou-a fechada!

"Pensei em suicidar-me, mas não tinha como. Ali estava eu, às seis da manhã, um preto nu no corredor de um dos melhores hotéis de Londres."

Afastada a hipótese de suicídio, Fortunato lembrou-se da avó. Todos os homens que choraram, durante a infância, no regaço de uma avó, lembram-se dela nas situações de maior desespero. A avó de Fortunato nasceu em Calomboloca e viu pela primeira vez a luz elétrica, já adulta, quando o marido a levou para Luanda. Ao contrário do que seria de esperar, não ficou encantada. Na opinião da velha senhora o esplendor elétrico das grandes cidades, ao ocultar o brilho das estrelas, prejudicou a humanidade. Ela acha que, tendo deixado de ver as estrelas — tendo deixado de se confrontar, todas as noites, com o ilimitado, o infinito, a fantástica imensidão do universo —, os homens perderam a humildade, e com a humildade perderam a razão. O desvario do mundo está, na opinião dela, diretamente ligado ao êxodo rural e à multiplicação vertiginosa das grandes cidades.

Fortunato, nu, encostado à porta do quarto, teve algum tempo para meditar na filosofia da avó. Achou que aquilo fazia sentido:

"Compreendi de repente a tremenda desimportância da minha nudez."

Entrou no elevador, desceu até à recepção, e pediu que lhe abrissem a porta do quarto, pois tinha-a fechado inadvertidamente. O recepcionista, um irlandês muito ruivo, muito irlandês, olhou para ele e o que viu foi um homem íntegro. Estava nu? O recepcionista não o saberia dizer. Era uma dignidade, aquele homem. Procurou a chave e foi abrir-lhe a porta.

A SILLY SEASON

Barata olhou em redor. Havia muita gente espalhada pela relva, desde a orla do lago até lá ao fundo, junto ao arvoredo alto, e estavam todos nus. Sentiu-se mal, enfiado numas bermudas de adolescente, com desenhos de palmeiras e dançarinas havaianas, que comprara no ano anterior em Ipanema. Parecia um pervertido, assim tão vestido, em meio à honrada nudez dos alemães. Além do mais a sua pele morena denunciava-o. Quase podia ouvir os outros banhistas murmurando protestos contra o estrangeiro, certamente um latino sem vergonha, de bermudas!, no meio do parque.

O que lhe passara pela cabeça quando decidira gastar quinze dias das suas ricas férias em Berlim?! Podia estar na Costa da Caparica, tranquilamente, ou até no Meco, igualmente rodeado de alemães mais ou menos nus, mas teria um sol de verdade brilhando no céu límpido, e sob o corpo a areia fina de uma praia autêntica.

O melhor seria despir as bermudas. Estudou disfarçadamente os homens à sua volta. Havia espécimes de todo o gênero. Orgulhosos, modestos, lastimáveis, imprestáveis. Uns pacíficos e pálidos, enfadados como lagartixas ao sol, outros escuros e perigosos. Havia-os polidos, distraídos e retorcidos; obstinados e lânguidos; arrebatados e pachorrentos. Concluiu que podia estar tranquilo – não, não envergonharia a malta lá de Chelas expondo-se de corpo inteiro, como a sua mãe o dera ao mundo, à comunidade europeia. Tirou portanto as bermudas e guardou-as na mochila. Tostou uma boa meia hora ao sol, que agora lhe parecia mais generoso, e ao fim desse tempo, sentindo-se já um verdadeiro berlinense, decidiu nadar um pouco no lago. Não tinha dado cinco passos quando esbarrou com a diretora da repartição pública onde trabalhava.

"É você, Barata? Desculpe, não o reconheci. Quero dizer sempre o vejo de gravata, não é?". O Barata tartamudeou. Pois, ele também não a reconhecera logo, não, senhora. Estava muito longe de a encontrar em Berlim. Disse isto enquanto tentava enfiar as mãos nos bolsos. O problema é que não tinha bolsos. Procurou ajeitar a gola da camisa, enrolar as mangas, mas só encontrou a própria pele. A diretora queixou-se do tempo. O Barata queixou-se do tempo. Calados pareciam ainda mais nus. Ele esforçava-se por a olhar nos olhos. Enquanto a olhasse nos olhos, fixamente, ela saberia que o seu subordinado não estava a olhar para outros aspectos da sua anatomia. A verdade, porém, é que a visão periférica do jovem Barata lhe permitia observar aspectos insuspeitos dessa anatomia – soberbos aspectos! O infeliz suava debaixo do sol. "Ia tomar banho", suspirou. "Você vem?".

Dentro da água fizeram de conta que estavam ambos vestidos. Trocaram amenidades. Barata quis saber se ela já fora ao Museu Egípcio ver o busto de Nefertiti. Disse isto e corou. Sob a água, embora um pouco turva, esplendia o busto da diretora. Era como se estivesse usando um vestido transparente, comprido, de um verde luminoso. O rapaz arriscou um galanteio: "O lago fica-lhe bem".

Quando saíram da água já se conheciam melhor. Na semana seguinte visitaram a cidade juntos. Passearam de mãos dadas entre a desordem ruidosa da *Love Parade*. Beberam caipirinha num bar de brasileiros em Rosenthalerstrasse. Viram Berlim a girar, quarenta quilômetros em redor, enquanto comiam salsichas no alto da Torre da Televisão. Voltaram várias vezes ao lago. Os outros banhistas já os reconheciam. Cumprimentavam-nos de longe com um aceno de cabeça.

"E agora?", perguntou o Barata à mulher, no aeroporto, uma semana mais tarde, antes de ela embarcar com destino a Lisboa. A diretora sorriu: "Isto acabou aqui". Vestia um fato cinzento, discreto, no mesmo tom da voz. Barata viu-a partir com o coração apertado de angústia. Regressou ao lago na manhã seguinte mas foi incapaz de despir as bermudas. Parecia-lhe que as pessoas o olhavam com rancor. Achou a água gelada. Veio-lhe uma vontade de comer miúdos de frango nos restaurantes baratos do Rossio enquanto lia os jornais – mesmo se em agosto nunca acontece nada. "A melhor coisa do verão", pensou, "é que logo a seguir começa o outono".

A BIGGER SPLASH

Tomás não sabe fingir. Baixou os olhos, afundou os olhos nos papéis. Tirou o estetoscópio do pescoço, sem olhar para mim, e arrumou-o cuidadosamente numa gaveta. Vai dizer que lamenta muito, pensei, vai dizer que lhe faltam as palavras. Lembrei-me da tarde em que nos tornamos irmãos de sangue, ferindo os pulsos com um canivete e atando-os depois um contra o outro, com um lenço, como os índios nos filmes. Eu era Apache; ele caubói. Ia perguntar-lhe se continuava a gostar de caubóis, mas então Tomás sacudiu a cabeça horrorizado:

"Lamento muito..."

Foi nesse instante que perdi o medo. Acho que alguma coisa na minha alma mudou de estado. O gelo espesso da angústia dissolveu-se de um só golpe, como chamaria uma cozinheira a isto, ponto de pérola? Ponto de rebuçado?, um duro nó de espinhos que se desatasse. Fez-se em mim um grande sossego, provavelmente até sorri; perguntei-lhe:

"Quanto tempo?"

Tomás ergueu os olhos e viu um menino com penas na cabeça. Nós, a pedalarmos junto ao rio, um apache e um caubói, irmãos de sangue. Talvez me tenha visto a atravessar as ondas, agarrado à prancha, na tarde em que o salvei. Eu a dançar com Júlia – "Quem é o anjo?" – e os três abraçados, poucos meses depois, no casamento deles. Fui o padrinho dos gêmeos. Creio que viu tudo isto, num fulgor, como eu próprio vi,

porque levou as mãos ao rosto e ficou assim por um largo momento. Achei que seria ridículo tentar consolá-lo. Deixei-me estar, calado, a olhar o céu lá fora. Finalmente ele limpou os olhos à manga da camisa, como se tivesse voltado a ser rapaz, e disse-me:
"Nove meses. Tens no máximo nove meses. Podes viver seis, sete, com algum conforto. Os últimos vão ser difíceis."
Agora sei tudo sobre a minha morte. Saio para o sol e alegro-me porque está um dia quente de verão e o céu brilha. Esta tarde não vou à galeria. Compro a biografia de Bruce Chatwin, do Nicholas Shakespeare, e leio-a na praia. Já é noite quando entro em casa. Vera Regina acha-me um ar estranho. Palavras dela:
"Estás com um ar estranho."
Não me pergunta nada. Tenho em casa, na parede da sala de visitas, uma cópia em tamanho real de *A Bigger Splash*, 243,8 cm por 243,8 cm, que David Hockney pintou em 1967. Pago a um jovem artista para me fazer cópias exatas das minhas obras preferidas. Os meus amigos acham isso de muito mau gosto. Tomás, por exemplo, costuma cuspir numa tela de Edward Hopper – ou melhor, no caso, do Lúcio Falaz, é esse o nome do jovem falsário – *Rooms by the Sea*, que mandei colocar no escritório:
"Acho mais honestas as flores de plástico."
Eu também não gosto de flores de plástico – mas apenas porque não são flores. Um óleo sobre tela, porém, é um óleo sobre tela. Uma aguarela é uma aguarela. Se eu fosse muito rico comprava os originais. Se eu fosse pobre não comprava pósteres. Os pósteres, sim, são flores de plástico. Sento-me em frente de *A Bigger Splash*, a cópia, e demoro-me a vê-la. É uma

composição simples. Uma casa, duas palmeiras, uma cadeira de lona, e, em primeiro plano, uma prancha e a piscina. Alguém acabou de saltar, mas não se vê corpo nenhum, apenas a água em desordem. O silêncio, um súbito *splash*, e o silêncio de novo. Eu ainda não mergulhei de vez, penso, estou suspenso no ar. Aquele é o meu retrato amanhã. Um pouco de água em convulsão e o peso puro do mistério no instante seguinte.

Bárbara liga-me para o telemóvel. Tem dormido mal. Dói-lhe a cabeça. Quer saber se eu já conversei com Vera Regina e lhe contei toda a verdade, exige uma decisão minha, mas não é sobre isso que fala. Bárbara nunca fala sobre isso. Nunca exige nada. Não pronuncia sequer o nome de Vera Regina. Queixa-se do calor, ou do frio, e da largueza das noites. Diz-me, por exemplo:

"Sou atravessada pela escuridão."

O negrume da noite atravessa-a, explica, da mesma forma que a luz atravessa os vitrais. Bárbara ama as elipses e as metáforas. Ocorre-me, numa vertigem, que a estou a sonhar, a ela e à voz com que me diz estas coisas. Respondo que sim a tudo, como aqueles sujeitos delicados, aos quais alguém interpela em aramaico, e eles, para que o outro se não ofenda por desconhecerem a língua, vão com a cabeça assentindo sempre.

Deito-me e adormeço logo. Acordo a meio da noite com uma sensação de desastre eminente. Vera Regina abraça-me pelas costas. Chora baixinho.

"Meu amor, meu amor."

Tem sido assim nas últimas noites. Finjo que durmo. Adormeço, e continuo a ouvi-la a chorar em sonhos, "meu amor, meu amor", mas na manhã seguinte, quando acordo, encontro-a refeita, apenas uma sombra leve sob os olhos, e o forte sorriso de sempre:

"Dormiste bem?"

Penso em contar-lhe tudo. Sobre a Bárbara? Não, não, isso já ela descobriu. Durante anos fui-lhe fiel (à Vera Regina) apenas por preguiça. Hoje sou-lhe infiel pela mesma razão. Penso, isso sim, em revelar-lhe a notícia da minha morte mas desisto de o fazer no mesmo instante. Não me assusta a morte; o que temo é a promiscuidade, ter de a partilhar, ter de a viver com alguém até ao fim. A minha morte é um enigma íntimo.

"Fazes-me uma torrada? E um ovo, por favor, um ovo estrelado."

Despeço-me dela com um beijo. Contenho-me para não a abraçar. Digo-lhe que vou para a galeria, como faço todas as manhãs, e efetivamente sigo nessa direção. Dois quarteirões adiante, porém, viro à esquerda. Em poucos segundos mergulho na desordem do trânsito. O telemóvel toca. Deixo-o tocar três vezes; depois desligo-o sem tentar saber quem fez a chamada. Lembro-me da primeira vez que saltei sozinho de asa-delta. Não senti medo. O que experimentei foi uma espécie de arrebatamento, um furor incontrolável – compreendi que estava sozinho.

Fui ver o Lúcio Falaz. Ele recebeu-me na cozinha. É um rapaz frágil, de uma palidez artificial, que se veste sempre de preto. Imagino que vá para a cama com um pijama preto. Frequenta um curso de arte, à tarde, e à noite trabalha na morgue. Não se queixa:

"É muito tranquilo. Os meus clientes são pessoas calmas".

Quero que ele volte a pintar uma cópia de *A Bigger Splash*, idêntica em tudo ao original, mas acrescentando duas figuras:

1ª figura) Eu próprio, emergindo da água em convulsão.

2ª figura) Vera Regina, sentada na cadeira de lona, do outro lado da piscina.

Dou-lhe uma fotografia minha, tipo passe, e outra de Vera Regina, vestida com um biquíni amarelo. Fiz essa imagem, há cinco anos, num hotel em Marrocos. Nessa época, creio, fomos felizes. Lúcio Falaz recebe a minha proposta com um entusiasmo que me surpreende:
"*Cool*", suspira: "isso é pós-moderno!..."
Sou galerista. Trabalho com arte. Não sei o que é o pós-modernismo. Vou para a praia ler a biografia de Bruce Chatwin. O homem que aluga as cadeiras recebe-me como se eu fosse um cliente habitual. Arrasta uma cadeira e um guarda-sol e coloca-os a poucos metros do mar. Traz-me, sem que eu diga nada, uma garrafa de coca-cola, porque foi isso que lhe pedi ontem. Leio durante uma hora. Depois ligo o telemóvel e disco o número de Bárbara. Digo-lhe que quero terminar tudo. Pensei muito e concluí que a nossa relação é prejudicial a ambos. Sou inflexível. Ouço-a chorar, do outro lado, e isso aflige-me, mas não mais do que se estivesse comodamente sentado num cinema, a ver, no écran, uma atriz agonizando. Desligo o telefone. Tento desenhar num pequeno caderno, que trago sempre comigo, o rosto de Bárbara mas não consigo. Desenho facilmente o rosto de Vera Regina. Desperta-me o estrídulo do telemóvel. Grita assim quando tem mensagens. Há cinco mensagens novas. Leio a primeira:
"Houve uma troca de chapas. Tu estás bem. liga-me."
É de Tomás. A segunda também é dele. Pede que o desculpe pelo erro. A terceira e a quarta mensagens ainda são de Tomás. "Ninguém sabe de ti, cabrão. Liga-me já ou volto a

matar-te". Não vou ligar tão cedo. Vou deixá-lo cozinhar em lume brando. A quinta mensagem é de Vera Regina:

"Amo-te."

O céu, lá muito em cima, tem a mesma cor do mar. Brilha como uma esmeralda. Fecho os olhos, e quando os reabro é como se me debruçasse sobre um imenso abismo azul. Vacilo, quase desmaio. Caio (acho que caio). Mergulho rapidamente em direção à luz.

FALSAS RECORDAÇÕES FELIZES

O passado de Gonçalo começou a desmoronar-se à mesa de um bar, no Bairro Alto, várias cervejas depois da meia-noite, quando ao riso sucedeu o cansaço. Tinham discutido o namoro de Penélope Cruz com Tom Cruise. A conferência sobre racismo em Durban. As vantagens e os perigos do casamento. Então, em meio ao fumo amargo que enchia a sala, alguém lançou um novo tema – o Primeiro Beijo.

"Nunca me esquecerei", disse ele, "Foi em mil novecentos e setenta e oito, no dia em que fiz dezesseis anos. Tinha ido a um concerto do Chico Buarque com alguns colegas do liceu. O Chico começou a cantar o *Eu te Amo*, que aliás não se presta muito para uma declaração de amor, é antes uma canção de despedida. Lembram-se?..."

Cantarolou com voz rouca:

"Se nós, nas travessuras das noites eternas / já confundimos tanto as nossas pernas / diz com que pernas eu devo seguir. / Se entornaste a nossa sorte pelo chão, / se na bagunça do teu coração / meu sangue errou de veia e se perdeu..."

Calou-se um momento, o olhar absorto, enquanto enrolava nostálgico uma madeixa do cabelo. Já não lhe restava muito cabelo de forma que aquele tique era um pouco deprimente. Suspirou.

"E então ela encostou a cabeça no meu ombro e eu beijei-a."

"É bonito", reconheceu um dos amigos, crítico de música, um tipo que se gabava de saber quase tudo sobre tudo, ou, em alternativa, tudo sobre quase tudo – e realmente sabia. A erudição dele incomodava os outros. "Mas seria ainda mais bonito se fosse verdade. Isso não pode ter acontecido em mil novecentos e setenta e oito. O Chico Buarque só criou essa canção, em parceria com o Tom Jobim, dois anos mais tarde."

Gonçalo olhou-o perturbado.

"Disparate! Tenho a certeza que o Chico cantou essa música na noite em que fiz dezesseis anos, portanto em mil novecentos e setenta e oito. Foi nessa noite que comecei a namorar com a Marisa. Infelizmente nunca mais soube nada dela. Vocês lembram-se da Marisa, não se lembram?"

Não, ninguém se lembrava da Marisa. A Gonçalo, todavia, bastava fechar os olhos para voltar a vê-la. Era uma rapariga alta e flexível, com grandes olhos negros, melancólicos, e um alheamento pelas coisas do mundo que a fazia parecer imaterial. Apetecia ao mesmo tempo protegê-la e ultrajá-la. Confrontados com a descrição de Gonçalo todos lamentaram não ter conhecido Marisa. Na mesa ninguém se lembrava dela. Pior: nem sequer se lembravam dele por essa altura.

"Só te conheci em mil novecentos e noventa", precisou o crítico de música. "Num concerto da Cesária Évora".

Aquilo era demais. Gonçalo levantou-se indignado.

"Nunca estive num concerto da Cesária. Nunca!"

Ninguém disse nada. Toda a gente sabia que o crítico de música jamais se enganava nos fatos. Menos ainda nas datas. Gonçalo tirou uma nota do bolso e colocou-a sobre a mesa.

"Eu já vou..."

Nenhum dos amigos o procurou deter. Gonçalo saiu aflito para a noite mansa. Qual era a sua recordação mais antiga? Esforçou-se um pouco. Recordava-se de ter assistido pela televisão à ocupação de Goa pelas tropas indianas. Devia ter uns cinco anos, seis no máximo, ainda não andava na escola. Voltou ao bar e perguntou ao crítico de música:

"Olha lá, sabes dizer-me quando é que perdemos Goa?"

O outro nem pestanejou:

"A dezoito de dezembro de mil novecentos e sessenta e um."

Gonçalo respirou fundo. Nessa data ainda nem era nascido. Seria possível que todas as suas memórias fossem apócrifas? Voltou a sentar-se, trêmulo, e pediu mais uma cerveja. Se não podia confiar nas próprias recordações não havia nada em que pudesse confiar.

O crítico de música citou Buñuel:

"Uma vida sem memória não é uma vida."

Depois percebeu que aquilo não tinha nada de animador e tentou emendar:

"O teu caso não me parece tão grave. Tens uma vida. É falsa, sim, mas afinal de contas é uma vida."

"Mais valem falsas recordações felizes", acrescentou um outro, "do que lembranças autênticas e desgraçadas".

Gonçalo estava inconsolável.

"Vocês acham que eu nunca beijei a Marisa?"

Ninguém respondeu. Talvez tivessem bebido demais. Talvez fosse demasiado tarde. Talvez achassem realmente que ele nunca beijara Marisa.

Nota do Autor

Recolhi neste livro contos originalmente publicados em diversas revistas e jornais portugueses e angolanos. Apenas três – *Os cachorros, Um ciclista,* e *Manual prático de levitação* – eram ainda inéditos em livro. Os restantes integram coletâneas anteriormente publicadas em Portugal, designadamente, *Fronteiras Perdidas – Contos para Viajar* (1999), *A Substância do Amor* (2000) e *Catálogo de Sombras* (2003).

https://www.facebook.com/GryphusEditora/

 twitter.com/gryphuseditora

 www.bloggryphus.blogspot.com

 www.gryphus.com.br

Este livro foi diagramado utilizando a fonte Adobe Garamond Pro
e impresso pela Gráfica Vozes, em papel pólen soft 80 g/m²
e a capa em papel cartão supremo 250 g/m².